바냐 아저씨

체호프 희곡선 ❷

바냐 아저씨

체호프 희곡선 ❷

안톤 체호프 지음 | 장한 옮김

더클래식

| 차례 |

바냐 아저씨

| 등장인물 |

알렉산드르 블라디미로비치 세레브랴코프 퇴임한 대학 교수

엘레나 안드레예브나 세레브랴코파 그의 두 번째 아내, 27세

소피야 알렉산드로브나 세레브랴코파(소냐) 세레브랴코프와 전처

사이의 딸

마리야 바실리예브나 보이니츠카야 3등관의 미망인, 교수 전처의

어머니, 소냐의 외할머니

이반 페트로비치 보이니츠키(바냐) 마리야의 아들(소냐는 외삼촌인

바냐를 아저씨라고 부른다.)

미하일 리보비치 아스트로프 의사

일리야 일리치 텔레긴 몰락한 지주

마리나 늙은 유모

일꾼

무대는 세레브랴코프의 별장.

1막

테라스가 있는 전원주택, 그 앞에 정원이 있다. 오래된 포플러 나무 아래 놓인 티 테이블에는 차 마실 준비가 되어 있다. 그 곁에는 몇 개의 벤치와 의자, 벤치 위에는 기타가 놓여 있다. 테이블 옆에는 그네가 흔들리고 있다. 오후 3시가 넘은 시각. 흐린 날씨.

뚱뚱하고 움직임이 굼뜬 노파 마리나가 사모바르 옆에 앉아 양말을 뜨고 있고, 아스트로프가 그 곁에서 서성대고 있다.

마리나 (찻잔에 차를 따른다.) 차 한 잔 드세요.

아스트로프 (마지못해 찻잔을 받으면서) 오늘은 차 생각이 없네요.

마리나 이게 보드카라면 단박에 드실 거면서.

아스트로프 아니에요, 매일 보드카를 마시진 않아요. 게다가 오늘은 날씨도 후덥지근한 게 영 별로예요……. (사이.) 저기, 유모, 우리가 알고 지낸 지 얼마나 됐죠?

마리나 (생각에 잠기더니) 얼마나 됐냐고요? 글쎄요……. 선생님이 이곳에 오신 게…… 언제더라? 소냐의 어머님 베라 페트로브나가 아직 살아 계실 때였죠. 그분이 돌아가시기 두 해 전 겨울부터 여기를 드나드셨잖아요. 흐음, 그러니까 십일 년쯤 됐나 봐요. (잠시 생각하더니) 어쩌면 더 될지도 모르고…….

아스트로프 그때에 비하면 저도 많이 변했죠?

마리나 많이 변하고말고요. 그때는 젊고 아름다웠는데 이젠 많이 늙으셨어요. 그 잘생긴 얼굴도 그때만 못 하고. 더욱이 보드카를 입에 달고 사시니 원…….

아스트로프 그래요……. 지난 십 년 동안에 난 다른 사람이 되어 버렸어요. 왜 그렇게 변했을까요? 쉴 새 없이 일만 했기 때문이겠죠, 안 그래요? 유모, 아침부터 밤까지 계속 서 있고, 개미처럼 일하고, 밤이면 이불 속에 누워서도 혹시 환자에게 호출이 오지 않을까 노심초사하며 살아왔어요. 십 년 동안 단 하루도 한가한 날이 없었지요. 그러니 이렇게 늙어 버렸겠죠? 게다가 하루하루가 따분하고 지겹고 추잡해요……. 이런 생활에 계속 질질 끌려가고 있으니 말이에요. 더군다나 내 주변에는 하나같이 괴짜들뿐이에요. 그런 인간들과 한 이삼 년 같이 살다 보니 저도 모르는 사이에 점점 괴짜가 되는 수밖에……. (긴 수염을 비틀면서) 제길, 수염만 자랐군……. 쓸모없는 수염 같으니. 전 괴짜가 되고 말았어요, 유모……. 그래도 우둔해지긴 했지만, 아직 바보가 된 건 아니에요. 하느님 덕분에 머리가 제자리에 붙어 있으니까요. 하지만 왠지 감정이 둔해졌어요. 아무것도 갖고 싶지 않고, 아무것도 필요하지 않고, 아무도 사랑하지 않아요……. 뭐, 그래도 유모만은 좋아요. (그녀의 이마에 키스한다.) 내 어릴 적엔 당신 같은 유모가 있었죠.

마리나 뭐라도 좀 드시는 게 좋겠어요.

아스트로프 아니에요, 괜찮아요. 사순절 세 번째 주였던가……. 발진 티푸스가 도는 말리츠코예 마을에 간 적이 있었어요……. 집집마다 환자들이 득실거리는데…… 그 악취와 연기는 정말! 마룻바닥에는 송아지와 환자들이 함께 쓰러져 뒹굴고 있었어요……. 거기에 웬 돼지새끼들까지 어정거리고 있질 않나……. 온종일 앉지도 못하고 물 한 모금도 못 마시고 환자들한테 매달렸죠. 그러다 겨우 집으로 왔는데도 쉴 수가 없었어요. 철도 노선공 한 사람이 와 있었거든요. 그자를 수술대 위에 눕혔는데, 클로로포름 냄새를 맡자마자 갑자기 죽어 버리는 거예요. 그런데 그때, 별안간 내 안에서 그동안 죽어 있던 감정이 깨어나더군요. 내가 고의로 그 사람을 죽인 것처럼 말이죠. 마음이 무척 괴로웠어요. 그래서 눈을 감고 생각했어요. 백 년이나 이백 년 뒤에 태어난 우리 후손 녀석들은 지금 열심히 길을 닦고 있는 우리를 고마워할까? 물론 대답은 '아니다'였어요. 유모, 그놈들은 우리 따윈 까맣게 잊어버릴 거예요!

마리나 사람들은 잊을지 몰라도, 하느님은 잊지 않으실 거예요.

아스트로프 그렇게 말해 주니 고마워요, 유모.

바냐가 들어온다.

바냐 (집에서 나온다. 아침 식사 후에 푹 잔 그는, 아직 잠에서 덜 깬 모습이다. 벤치에 앉아서 세련된 넥타이를 고쳐 맨다.) 음, 그래. (사이.) 그래.

아스트로프 잘 잤는가?

바냐 그래……. 아주 잘 잤네. (하품한다.) 교수 부부가 이곳에 온 날부터 우리 생활이 아주 뒤죽박죽이야……. 아무 때나 자고, 점심이고 저녁이고 온갖 이상한 걸 먹질 않나, 술까지 마시고 말이야! 전부 건강에 좋지 않거든! 얼마 전까진 한가로울 틈이 없었어. 나도 소냐도 매일 부지런히 일했지. 그런데 지금은 소냐 혼자 일하고, 나는 매일 자고, 먹고, 마시고…… 엉망진창이라고!

마리나 (머리를 절레절레 젓고 나서) 정말 엉망이 됐어요! 교수님은 정오에나 일어나시는데, 아침부터 사모바르를 끓이면서 계속 교수님 나오길 기다려야 해요. 예전에는 남들처럼 언제나 12시쯤 점심을 먹었는데, 요즘은 6시나 되어야 점심을 먹는다니까요. 게다가 교수님은 한밤중에 책을 읽고 글을 쓰시는데, 새벽 1시에 느닷없이 종을 치시더라고요. 무슨 일이냐고 물으면, 그 시간에 차를 가져오라는 거예요. 그래서 하인들을 깨우고, 사모바르를 끓이고…… 정말 말도 마세요!

아스트로프 그분들은 여기서 얼마나 지내신다고 하던가?

바냐 (휘파람을 불며) 뭐 한 백 년쯤 머물겠지. 교수는 여기에 뿌리내리기로 결심했으니까.

마리나 지금만 해도 그래요. 벌써 두 시간 전부터 사모바르를 준비하고 있는데, 모두들 산책하러 나가 버렸으니 말이에요.

바냐 곧 오겠지, 올 거야. 염려 말아요!

산책에서 돌아온 사람들의 목소리가 들린다. 정원 안쪽에서 세레브랴코프, 엘레나, 소냐 그리고 텔레긴이 걸어온다.

세레브랴코프 아름답군, 아름다워! 정말 기가 막힌 경치구먼!

텔레긴 정말 훌륭합니다, 교수님.

소냐 내일은 산림사무소 쪽 숲으로 가는 게 어떨까요, 아버지?

바냐 여러분, 차 드세요!

세레브랴코프 미안하지만, 서재로 차를 갖다 줄 수 있겠는가? 아직 해야 할 일이 좀 있어서.

소냐 거기도 아버지 마음에 드실 거예요…….

엘레나, 세레브랴코프 그리고 소냐가 집으로 들어간다. 텔레긴이 식탁 쪽으로 가서 마리나 옆에 앉는다.

바냐 이렇게 푹푹 찌는 무더운 날씨에도, 우리의 위대한 학자님께서는 외투와 덧신에 우산까지……. 게다가 장갑까지 끼셨구먼.

아스트로프 자기 몸은 끔찍이 챙기는 양반이야.

바냐 그런데 저 부인은 정말 아름다워! 굉장한 미인이야! 내 평생 저렇게 아름다운 여자는 본 적이 없어.

텔레긴 이봐요, 마리나. 나는 들판을 걸을 때도 울창한 정원을 산책

할 때도 혹은 이런 탁자를 바라볼 때도 말로 표현할 수 없는 행복에 가득 찬다오. 날씨는 화창하고, 새는 노래하고, 우리는 평화롭고 만족스러운 이 세상에서 살고 있지요. 더 이상 무엇을 더 바라겠어요? (찻잔을 받아든다.)

바냐 (꿈꾸듯이) 그 눈…… 어찌 그렇게도 아름다울까!

아스트로프 뭐 들은 것 좀 없나? 이반 페트로비치.

바냐 (나른하게) 무슨 얘기?

아스트로프 뭐 새로운 소식이라도 없냐 말이야.

바냐 없어, 모든 게 똑같아. 나도 똑같고. 아니, 어쩌면 오히려 더 나빠졌을지도 몰라. 난 그저 아무것도 하지 않으면서 늙은 갈까마귀처럼 깍깍거리며 불평이나 늘어놓고 있지. 늙은 까치 같은 우리 어머니는 여전히 여성해방론만 떠들고 계셔. 한쪽 눈으로는 무덤을 바라보고 계시면서, 다른 눈으로는 그 알량한 책 속에서 새로운 인생의 여명을 찾고 계시거든.

아스트로프 그럼, 교수는 어떤가?

바냐 교수야 밤낮없이 서재에 틀어박혀 뭔가를 쓰고 있지. 말하자면 '미간을 찌푸리면서 지혜를 모아 쓰고 또 써 보지만, 누구 하나 칭찬하는 소리를 들은 적이 없네.'랄까? 종이만 아까울 뿐이야. 차라리 자서전을 쓰는 게 더 좋을걸. 얼마나 멋진 소설 소재냔 말이야! 늙고 말라빠진 퇴직교수. 마치 학사모 쓴 물고기 같다고나 할까? 통풍과 류머티즘, 편두통까지 앓는 몸뚱이에, 질투와 시샘으로 간까지 팅팅 부어서는 전처의 땅에 얹혀살고 있지. 물론 본인은 지긋지긋하시겠지……. 하지만 어쩌겠나? 도시에서 살 형편은 안 되잖아? 그러니 늘 자신이 불행하다고 한탄만 하고 있지. 그런데 사실 따지고 보면 정말로 행복한 사람이란 말이야. (신경질적으로) 얼마나 행복한 인간이냔 말이야! 생각해 보게! 비천한 교회 일꾼의 아들로 태어난 주제에, 신학생이 되어 학위를 따고 교수 자리에 오르고 고위직까지 꿰찼으니, 거기다 원로원 의원의 사위까지 되었잖아? 뭐, 그건 그렇다고 쳐. 이십오 년 동안 예술에 대한 책을 쓴다고 저러고 있는 인간이 사실 예술에 대해서는 쥐뿔도 모른다는 거 알고 있나? 맨날 사실주의니 자연주의니 하며 남의 사상이나 주워섬기고 있으면서 말이지! 똑똑한 사람들은 이미 다 알고 있고, 무식한 인간들은 관심도 없는 그런 것들을 연구한답시고 이십오 년 동안이나 헛수고를 하고 있잖아. 그러면서도 자존심은 하늘을 찌르고, 불평은 또 얼마나 늘어놓는지. 이십오 년 동안 남의 자리 꿰차고 앉아 교수 흉내만 내다가 은퇴해 놓고 보니 알아주는 이 하나 없는데도, 나라님이라도 된 것마냥 어깨 쫙 펴고 걸어 다니는 저 꼴 좀 봐!

아스트로프 혹시 자네 부러운 건가?

바냐 암, 부럽고말고! 저치가 여자들 후리고 다니는 것 좀 보라고! 돈 주앙이 울고 갈 정도라니까. 저 인간의 전처였던 내 누이동생은 아름답고 온화한 숙녀였지. 마치 저 푸른 하늘처럼 순수한 아이였어. 내 누이를 따르는 숭배자가 그가 거느린 학생 수보다 많았다고……. 하지만 그 아이는 그자에게 사랑을 바쳤지. 마치 순수한 천사들끼리 맺어지는 것처럼 말이야. 우리 어머니는 지금까지도 저자를 신처럼 숭배하고 있어. 자네들도 방금 보았겠지만, 그자의 후처는 아름답고 똑똑한 여자야. 그런 여자가 그 늙다리와 결혼했다고. 찬란한 미모와 자유, 그 모두를 늙다리에게 바쳤단 말이야. 왜? 도대체 왜?

아스트로프   그 부인은 정숙한가?

바냐   유감스럽지만, 그렇다네.

아스트로프   왜 유감스러운가?

바냐   그녀의 정숙함은 가식적이기 때문이야. 겉만 번지르르한 가짜란 말이지. 끔찍하게 싫은 남편을 속이기엔 양심이 허락하지 않아. 가슴에서 솟아오르는 젊음의 욕망을 억누르며 살아가고 있단 말이야.

텔레긴   (울먹이는 목소리로) 바냐, 이제 그런 말은 듣기 싫군. 잘 듣게나. 아내나 남편을 배신하는 인간은 신의 없고, 그런 인간은 조국도 배신할 수 있다네!

바냐   (화를 내며) 그 입 닥치게, 와플!

텔레긴   이보게 바냐, 내 말 좀 들어 보게. 내 아내는 결혼식 다음 날, 내 얼굴이 못생겼다며 자기 애인과 달아나 버렸어. 그럼에도 나는 남편의 의무를 게을리하지 않았어. 지금까지도 난 그녀를 사랑하고, 내 힘닿는 한 도와주고 있어. 그녀와 그녀의 정부 사이에 낳은 딸의 양육비로 내 재산을 바쳤으니까. 난 행복을 잃었지만, 자존심만은 지켜냈다고. 그런데 그 여자는 지금 어찌되었는지 아나? 아름다움은 흐르는 세월에 빛을 잃었고, 끔찍이 사랑하던 그 애인도 먼저 죽었지……. 그 여자한테 무엇이 남았겠어?

소냐와 엘레나가 들어온다. 얼마 후 마리야가 책을 들고 들어온다. 그녀는 자리에 앉아서 책을 읽는다. 차를 내주자 고개를 들어 보지도 않고 마신다.

소냐　(서두르며 유모에게) 유모, 농부들이 도착했어요. 가서 무슨 용건인지 물어봐 주세요. 차는 내가 따를 테니……. (차를 따른다.)

유모가 나간다. 엘레나가 그네에 앉아 차를 마신다.

아스트로프　(엘레나에게) 댁의 남편을 진찰하러 왔습니다. 편지에는 남편분이 류머티즘으로 매우 편찮으시다고 쓰셨던데, 아까 보니 정정해 보이시던데요.

엘레나　어젯밤에는 다리가 아프다며 짜증을 부리고 괴로워했는데, 오늘은 괜찮으시네요…….

아스트로프　그런 상황 때문에 저는 30킬로미터를 쏜살같이 달려왔군요. 뭐, 괜찮습니다. 이런 일이 처음도 아니니까요. 대신 오늘 밤은 댁에서 묵게 해 주십시오. 최소한 잠이라도 푹 자야지요.

소냐　그렇게 하세요. 의사 선생님이 저희 집에서 머무시는 건 정말 드문 일이니까요. 점심 전이시죠?

아스트로프　네, 아직.

소냐　그러면 식사나 같이하시죠. 요즘 저희는 6시 넘어서 점심을 먹으니까요. (차를 마신다.) 어머, 차가 다 식었네!

텔레긴　사모바르가 다 식어 버렸어요.

엘레나   괜찮아요, 이반. 식은 대로 마시죠, 뭐.

텔레긴   실례지만…… 저는 이반이 아니라, 일리야 일리치입니다…… 일리야 일리치 텔레긴입니다만, 어떤 사람들은 제가 곰보라서 와플이라고 부르기도 하지요. 오래전엔 소냐의 대부 노릇을 했고요. 부군이신 교수님과도 각별한 사이입니다. 요즘은 댁의 영지에서 신세 지고 있고요. 혹시 눈치채셨는지 모르겠지만, 저는 매일 댁에서 함께 식사하고 있답니다.

소냐   일리야 일리치는 우리를 도와주시는 고마운 분이에요. (부드럽게) 자, 대부님, 한 잔 더 따라 드릴게요.

마리야   아참!

소냐   왜 그러서요, 할머니?

마리야   세레브랴코프에게 말한다는 걸 잊어버렸구나…… 이놈의 기억력 하고는……. 오늘 하리코프에서 파벨 알렉세예비치가 보낸 편지를 받았는데…… 새로 나온 책을 같이 보내 왔더구나…….

아스트로프   재미있나요?

마리야   재미있긴 한데, 왠지 이상한 생각이 들어요. 칠 년 전 자신의 주장을 반박하고 있어요. 기가 막혀요.

바냐   기막힐 게 뭐 있어요. 차나 드시죠, 어머니.

마리야   내 얘기가 듣기 싫은 모양이로구나, 쟌. 그런데 작년부터 완전히 딴 사람으로 변해 버렸어……. 예전의 너는 신념이 확고하고 계몽정신도 투철했잖니…….

바냐   그렇고말고요! 저는 계몽정신의 소유자였지요. 뭐 한 명도 계몽시키는 데 성공한 적은 없지만요. (사이.) 투철한 계몽정신! 이보다 더 쓸쓸한 말이 어디 있을까요. 어머니 이제 제 나이 마흔일곱이에요. 작년까지 나도 어머니처럼 스콜라 철학에 빠져 현실을 외면했죠. 그러면서도 난 잘하고 있다고 생각했어요. 그런데 지금은 어떤가요? 가능성으로 가득 찼던 내 젊은 날을 허송세월로 보내 버린 것을 생각하면, 화가 치밀어 올라서 잠도 안 온다고요. 이젠 다 늙어서 할 수 있는 게 아무것도 없단 말입니다.

소냐   바냐 삼촌, 지루해요.

마리야   (아들에게) 영문은 모르겠다만⋯⋯. 넌 네가 예전에 가졌던 신념을 부정하고 있어⋯⋯. 하지만 잘못된 것은 신념이 아니라, 너 자신이야. 신념 그 자체만으로는 그저 죽은 글자에 지나지 않는다는 걸 잊고 있었던 게야⋯⋯. 너는 행동으로 보여 줘야 했어.

바냐   행동으로 보여 주다니요? 이 세상 모든 사람이 어머니가 좋아하시는 그 교수 양반처럼 글 쓰는 기계가 될 수 있는 건 아니에요.

마리야   아니, 그게 무슨 말이니?

소냐   할머니! 바냐 삼촌! 제발, 부탁이에요!

바냐   그래, 알았다, 알았어! 이제 그만하마. 미안하구나. (사이.)

엘레나   날씨가 정말 좋네요⋯⋯. 덥지도 않고⋯⋯. (사이.)

바냐   이런 날씨엔 목매달아 죽기에 참 좋지⋯⋯.

텔레긴이 기타를 조율한다. 유모 마리나는 집 주위를 돌아다니면서 암탉을 부른다.

마리나   *꼬꼬, 꼬꼬, 꼬꼬⋯⋯.*

소냐 유모, 농부들은 왜 온 거래요?

마리나 늘 같은 얘기지. 늘 똑같은 헛소리. *꼬꼬, 꼬꼬, 꼬꼬……*.

소냐 뭘 부르는 거예요?

마리나 얼룩 암탉이 병아리들을 데리고 나가 버렸잖니……. 까마귀
들이 낚아채 갈까 봐 걱정이네……. (나간다.)

텔레긴이 폴카를 연주한다. 모두 말없이 듣는다. 일꾼이 들어온다.

일꾼 혹시 의사 선생님이 여기 계십니까? (아스트로프에게) 미하일
리보비치 선생님을 모시러 왔습니다.

아스트로프 어디서 왔나?

일꾼 공장에서 왔습니다.

아스트로프 (짜증 섞인 어투로) 불러 줘서 정말 고맙구먼. 어쩌겠나,
가야지……. (눈으로 모자를 찾는다.) 아, 지긋지긋해…….

소냐 정말 힘드시겠어요, 선생님……. 공장에서 진료 끝나면 식사
하러 오세요.

아스트로프 아니다, 기다리지 말거라……. 그럴 시간은 없을 게다.
(일꾼에게) 이보게. 미안하지만 보드카 한 잔만 가져다주겠나? (일
꾼이 나간다.) 이놈의 모자가 어디로 갔나……. (모자를 발견한다.) 오
스트로프스키 희곡에 등장하는 사람 중에 콧수염만 길고 아둔한
사내가 있지요. 제가 바로 그 사나이 같은 꼴 아닙니까? 자, 여러분.
저는 이만 실례하겠습니다……. (엘레나에게) 언제든 소냐와 함께
저희 집에 한번 들러 주시면 정말 기쁘겠습니다. 제가 가진 토지

는 기껏해야 30제샤치나(미터법 이전의 러시아 단위. 1,092헥타르_옮긴이)쯤으로 크진 않지만, 그래도 흥미가 있으시다면 근방 1,000베르스타(미터법 이전의 러시아의 거리 단위. 1,067킬로미터_옮긴이) 안에서는 찾아볼 수 없을 만큼 훌륭한 정원과 묘목장을 보여 드리겠습니다. 저의 토지는 국유림으로 둘러싸여 있는데…… 산림지기가 늙고 병든지라, 사실상 제가 모든 일을 관리하고 있답니다.

엘레나 숲을 무척 좋아하신다고 들었어요. 그런데 숲을 돌보는 건 아주 멋진 일이지만, 그것이 당신의 본직을 방해하진 않나요? 당신은 의사잖아요.

아스트로프 우리의 진짜 본직이 무엇인지는 오직 신만이 아실 겁니다.

엘레나 그런데 그 일은 재미있으신가요?

아스트로프 네, 정말 재미있어요.

바냐 (비꼬는 투로) 엄청 재미있으시겠지!

엘레나 (아스트로프에게) 당신은 아직 젊잖아요? 아마 서른여섯, 서른일곱은 넘지 않았겠죠……. 지금 말씀하신 것처럼 숲에 크게 재미를 느끼지는 못할 나이 같아요. 사실 그 나이에는 숲이 좀 따분하게 느껴지지 않나요?

소냐 아니요, 생각보다 흥미로운 일이라니까요. 미하일 리보비치는 해마다 나무를 심어 숲을 가꾸어서 동메달과 상장까지 받으셨어요. 게다가 선생님은 오래된 숲을 보존하는 일에도 힘쓰고 계시지요. 선생님 말씀을 잘 들어 보시면 분명 수긍이 갈 거예요. 숲은 대지를 아름답게 할 뿐만 아니라, 인간에게 아름다움의 진정한 의미를 일깨우고 고상한 감정을 불러일으킨다고 말씀하셨죠. 게다가 숲은 혹독한 기후도 누그러뜨려 주지요. 기후가 온화해지면 그만큼 자연과의 싸움으로 힘을 낭비할 필요가 없어 자연스럽게 사람들도 친절해지고 너그러워질 거예요. 그런 곳에 사는 사람들은 몸가짐도 말씨도 부드럽고 아름답고, 우아해지겠죠. 철학과 예술, 과학도 꽃피겠지요. 여자를 대하는 태도도 무척 고상할 테고요.

바냐 (소리 내어 웃으면서) 브라보, 브라보! 듣기엔 참 좋다만 설득력은 없구나. (아스트로프에게) 여보게, 내가 장작을 패서 난로를 때고, 통나무로 헛간을 짓도록 제발 허락해 주게나.

아스트로프 난로는 석탄으로 때면 되고, 헛간은 돌로 지으면 되지 않겠나. 내가 무조건 나무를 베지 말라는 말은 아니네. 하지만 무슨 이유로 벌목하려는 거지? 러시아의 숲은 도끼질 아래 신음하고 있어. 이미 수백만 그루의 나무들이 베어졌다고. 새와 야생동물의 보금자리는 황폐해지고, 강물도 말라 가고, 아름다운 경치들도 이젠 없어. 왜냐고? 게을러빠진 인간들은 절대 직접 허리를 숙여 땅에서 땔감을 얻으려 하지 않기 때문이지. (엘레나에게) 그렇지 않나요, 부인? 이렇게 아름다운 생명을 한낱 땔감으로 태워 버리고, 우리 손으로 창조할 수 없는 존재를 무분별하게 파괴하는 짓은 야만인들이나 하는 행동입니다. 인간은 이성과 창조력을 하늘에서 부여받았습니다. 아마 만물을 더욱 성장시키고 늘려 가라는 뜻이겠죠. 하지만 오늘의 인간은 창조는커녕 파괴만 하고 있죠. 나날이 숲은 작아지고, 강은 말라 가고, 야생동물들은 사라지고, 기후는 사나워지고, 땅은 나날이 척박해지고 있어요. (바냐에게) 여보게, 표정을 보니 내 말에 흥미가 없는 것 같군. 그래, 내 얘기가 헛소리로 들릴지도 몰라. 하지만 내가 벌목을 막은 농부들의 숲을 지나갈 때나, 내 손으로 심은 어린 나무들이 바람에 가지를 흔드는 소리를 듣고 있노라면 이곳의 자연을 지키는 데 내가 조금은 보탬이 되었다고 느낀다네. 또 미래의 후손들이 느낄 행복에도 내가 조금은 힘을 보태었다는 생각도 들지. 내 손으로 심은 자작나무가 어린 연둣빛 잎사귀를 피워 올리고 바람에 살랑살랑 흔들리는 모습을 볼 때면 내 가슴은 자부심으로 부풀어 오른다네. 그래서 나는…… (쟁반에 보드카 잔을 가져온 일꾼을 보고 나서) 그건 그렇고……. (마신다.) 이제 난 가야겠어. 아마 이 모든 게 내 유별난 성격 탓이겠지. 자, 이만 물러가겠습니다.

그는 집 쪽으로 걸어간다.

소냐 (그의 팔짱을 끼고 함께 걸어가면서) 언제쯤 다시 들르시겠어요?
아스트로프 글쎄, 잘 모르겠는걸.
소냐 또 한 달 뒤요?

아스트로프와 소냐가 집으로 들어간다. 마리야와 텔레긴은 테이블 옆에 남는다. 엘레나와 바냐는 테라스 쪽으로 걸어간다.

엘레나 또 심술을 부렸군요. 이반, 도대체 왜 글 쓰는 기계니 뭐니 하며 당신 어머니를 괴롭히는 거죠? 아침 식사 때도 알렉산드르와 또 말다툼이나 하고 말이에요. 왜 그리 속 좁게 구는 거예요?

바냐 그를 싫어해서 이러는 거라면?

엘레나 당신이 알렉산드르를 싫어할 이유가 없지 않나요? 그이도 다른 사람들과 똑같아요. 당신보다 못한 남자가 아니라고요.

바냐 거울이 있다면 평소의 당신 표정과 행동을 보여 주고 싶구먼. 당신 삶이 얼마나 지겨운지 깨닫게 될 거야.

엘레나 그래요, 내 삶은 지루하고 따분해요! 당신들은 언제나 내 남편을 욕하고 가엾다는 듯 날 보지요. "불쌍한 여자 같으니, 늙은 영감에게 매여 살다니!" 그런 동정 나도 다 알고 있다고요! 방금 전 아스트로프 씨의 말처럼, 분별없이 숲을 파괴하는 당신들은, 인간도 똑같이 파괴하는 거나 마찬가지예요. 점점 사라지는 숲처럼, 정절이나 순결, 자기희생 같은 단어들도 결국 사라지고 말 거예요. 내가 당신들의 아내도 아닌데 왜 이렇게 미주알고주알 신경 쓰는 건가요? 그 의사의 말처럼, 당신들 속에는 파괴의 악마가 도사리고 있기 때문이에요. 당신들은 숲도, 새도, 여자도, 다른 그 무엇도 소중히 여기질 않죠!

바냐 당신의 그런 개똥철학 정말 질색이군. (사이.)

엘레나 그 의사 선생님은 피곤하고 신경질적인 얼굴을 하고 있더군요. 그런데도 왠지 끌리는 인상이에요. 소냐는 그분을 짝사랑하는 눈치예요. 난 소냐의 기분을 이해해요. 내가 이곳에 온 후 그분은 벌써 세 번이나 방문했지만 내성적인 성격 때문에 한 번도 그분에게 다정한 말 한마디 건네 본 적이 없어요. 그분은 아마 날 냉정한 여자라고 생각할 거예요. 이봐요 이반, 우리가 친구가 된 이유를 아세요? 우린 둘 다 외롭고 불행한 사람이기 때문이에요. 그래요, 불행하죠. 그러니 제발 그런 눈으로 보지 말아요.

바냐 그럼 내가 당신을 어떻게 바라보겠어? 난 당신을 사랑하고 있단 말이야! 당신은 나의 행복이고, 나의 청춘이고 내 모든 것이야! 그래, 당신이 나를 사랑할 리 없다는 건 알고 있어. 그래도 괜찮아. 그저 당신을 바라보고, 당신 목소리를 들을 수만 있다면 좋아…….

엘레나 그런 말 마세요! 누가 들으면 어쩌려고!

두 사람은 집으로 걸어간다.

바냐 (그녀의 뒤를 따라가면서) 제발, 내 사랑 좀 알아줘. 도망치지 마. 난 그저 당신을 볼 수 있는 것만으로 행복한 사람이야…….

엘레나 아아, 제발 그만해요.

두 사람은 집으로 들어간다. 텔레긴은 기타 줄을 튕기면서 폴카를 연주한다. 마리야는 책의 여백에 무엇인가를 끼적이고 있다.

-막-

2막

세레브랴코프 집 내부의 식당. 밤. 정원에서 야경꾼의 딱따기 치는 소리가 들려온다. 세레브랴코프는 열려 있는 창문 옆 안락의자에 기대앉아 졸고 있다. 엘레나도 그의 옆에 앉아서 함께 졸고 있다.

세레브랴코프 (잠에서 깨어나) 누구냐, 거기 누구요? 혹시 소냐니?

엘레나 여보, 저예요.

세레브랴코프 레노치카(엘레나의 애칭_옮긴이), 당신이로군……. 너무 아파서 참을 수가 없어!

엘레나 담요가 떨어졌네요. (그의 무릎을 덮어 준다.) 알렉산드르, 창문을 닫을게요.

세레브랴코프 아니야, 그대로 놔둬. 창을 닫으면 숨이 막힐 것 같아.

방금 졸다가 꿈을 꿨는데, 왼쪽 다리가 남의 다리가 되어 버린 꿈
이었지. 그런데 너무 아파서 잠에서 깼소. 이건 통풍이 아니라, 류
머티즘이야. 그런데 지금 몇 시지?

엘레나 12시 30분이에요. (사이.)

세레브랴코프 내일 아침에 서재에 바튜슈코프의 책이 있는지 찾아
보구려. 내 기억엔 집에 갖다 놓은 것 같으니까.

엘레나 네?

세레브랴코프 아침에 바튜슈코프 책 좀 찾아 달라고. 분명히 집에 있
을 테니까. 그런데 어째서 이렇게 숨 이 콱콱 막히는 걸까?

엘레나 피곤해서 그래요. 이틀 밤이나 주무시지 못했잖아요.

세레브랴코프 투르게네프는 통풍을 앓다가 결국 협심증에 걸렸다더
군. 난 그러지 말아야 할 텐데. 늙는 건 정말 지긋지긋해. 빌어먹을.
이렇게 늙어 버린 내가 너무 싫다고! 모두들 이런 날 싫어할 테지.

엘레나 당신이 나이 먹는 게 마치 우리 탓인 것처럼 말씀하시네요?

세레브랴코프 이 세상 누구보다 당신이 날 싫어할 테지.

엘레나는 일어나 멀리 떨어진 곳으로 걸어가 앉는다.

세레브랴코프 물론 당신 마음 나도 이해해. 나도 바보가 아니니까
그런 것쯤은 알고 있다고. 당신은 아직 젊고, 건강하고, 생기 있는
인생을 꿈꾸겠지. 하지만 난 송장이나 다름없어. 내가 그런 눈치
도 없는 줄 알아? 그래, 이 나이를 먹도록 살아 있는 내가 잘못이
지. 하지만 조금만 기다려. 살날도 얼마 안 남았으니까. 얼마 후면

다들 자유야.

엘레나   제발, 그만해요. 당신이야말로 나를 괴롭히는군요.

세레브랴코프   나 때문에 모두가 지치고 힘든데 눈치 없이 나 혼자
만 여생을 편안히 즐기고 있다는 얘기로 들리는구먼. 아, 물론 그
럴 테지!

엘레나   제발 그만하세요! 그만, 그만!

세레브랴코프   내가 당신들 모두를 괴롭히고 있지. 암, 그렇다마다!

엘레나   (울면서) 더 이상은 못 참겠어요! 말해 봐요. 나더러 어쩌라
는 거예요?

세레브랴코프   난 바라는 거 없어.

엘레나   그렇다면 이제 아무 말 말아요. 제발 부탁이에요.

세레브랴코프   참, 이상한 일이야. 바냐나 그의 바보 같은 어머니가
말하기 시작하면, 모두가 귀를 쫑긋하는데, 내가 입만 떼면 모두
들 괴로워하니 말이야. 아마 내 목소리까지 진절머리 나나 보지?
그래, 내가 잔소리꾼에 폭군이라 치자고. 그렇다 해도 내 나이에
목소리 한번 못 낸단 말이야? 정말 한마디 들을 가치조차 없는 인
간이야? 나 같은 늙은이는 공경받을 자격도 권리도 없단 말이야?

엘레나   아무도 당신의 권리에 대해 이러쿵저러쿵하는 사람 없어요.
(바람 때문에 창문이 덜컹거린다.) 바람이 부는군요. 창문 닫을게요. (
닫는다.) 곧 소나기가 퍼붓겠어요. 당신의 권리에 대해 아무도 떠드
는 사람 없다고요. (사이.)

야경꾼이 정원에서 딱따기를 치며 노래를 부른다.

세레브랴코프 나는 한평생 학문에 모든 걸 바쳤고, 연구실과 강의실을 오가며 고상한 동료들과 우정을 나누었지. 그런데 마른하늘에 날벼락처럼 이런 무덤 같은 곳에서 갇힌 것도 모자라 천박한 인간들이 나불거리는 쓸데없는 얘기나 들어야 하다니……. 인간답게 살고 싶어. 빛나는 성공과 명성, 저 우아한 세상 속으로 가고 싶어. 그런데 이곳에 귀양 온 선비마냥 갇혀 있으니. 이곳에서 죽을 날만 기다리며 과거나 되새기고, 다른 사람들의 출세를 배 아파하고 있다니……. 정말 못 견디겠군, 정말로! 여기서는 누구 하나 날 존경하지 않아!

엘레나 조금만 참아요. 오륙 년만 지나면 나도 할머니가 될 테니까.

소냐가 들어온다.

소냐 아버지, 아스트로프 선생님을 불러오라고 하시고는 정작 그분이 오니까 얼굴도 안 비추시는군요. 큰 실례 아닌가요? 선생님이 헛걸음하셨잖아요.

세레브랴코프 아스트로프 선생이 내게 무슨 도움을 주겠니? 그자가 가진 의학 지식이란 내가 가진 천문학 지식이나 다 거기서 거기라고.

소냐 아버지 통풍 치료를 하려고 온 세상 의과대학 교수들을 모셔올 수는 없잖아요.

세레브랴코프 그런 멍청한 자들과는 말도 섞기 싫다.

소냐 아버지 마음대로 하세요. (앉는다.) 이젠 신경 쓰지 않겠어요.

세레브랴코프 지금 몇 시냐?

엘레나 1시예요.

세레브랴코프 가슴이 답답하구나……. 소냐야, 식탁에서 물약 좀 가져오거라.

소냐 여기 있어요. (물약을 준다.)

세레브랴코프 (화를 내면서) 아니, 이 약이 아니잖아! 뭐 하나 똑바로 하지 못하는구나.

소냐 짜증 좀 그만 내세요, 아버지. 이러시는 거 전 정말 질색이에요. 전 바쁘다고요. 내일 아침도 일찍 일어나서 풀을 베야 한단 말이에요.

잠옷을 입은 바냐가 촛불을 들고 들어온다.

바냐 태풍이 올 것 같군. (번개.) 어이쿠, 저것 봐! 엘레나와 소냐는 침실로 가도록 해. 교수님은 내가 돌볼 테니까.

세레브랴코프 (놀라서) 안 돼. 가지 마라! 저 친구만 남겨 놓지 마! 저 자는 끝없는 수다로 나를 피곤하게 만들 거야!

바냐 저 사람들도 쉬어야 하잖아요! 벌써 이틀 밤을 새웠어요.

세레브랴코프 알았어, 알았다고. 다들 가서 잠이나 자라고 해. 그리고 자네도 이 방에서 나가게. 부탁이야. 우리의 옛정을 생각해서 내 부탁 좀 들어주게. 이야기는 나중에 하세.

바냐 (냉소 어린 얼굴로) 옛정이라…… 옛정…….

소냐 그만두세요, 바냐 삼촌.

세레브랴코프 (아내에게) 여보, 저자를 내 방에 남겨 두지 마. 정말 끝없이 잔소리를 한다니까.

바냐 이렇게 우스운 꼴이 돼 가는군.

마리나가 촛불을 들고 들어온다.

소냐 유모는 어서 가서 주무세요. 벌써 밤이 깊었어요.

마리나 사모바르도 못 치웠는데 어떻게 눈을 붙일 수 있겠니.

세레브랴코프 모두가 잠을 못 자 죽을 맛인데. 나만 혼자 유유자적이란 말이구먼.

마리나 (세레브랴코프에게 다가가서, 부드러운 말투로) 좀 어떠세요, 나리? 아직 많이 아프세요? 제 다리도 자꾸 쑤신답니다. (무릎 담요를 고쳐 준다.) 이 병도 참 오래되었네요. 소냐의 어머님도 생전에 밤마다 나리를 간호하느라 고생을 하셨지요……. 그분은 진심으로 나리를 사랑하셨죠……. (사이.) 늙을수록 아이처럼 된다지만, 세상 누구도 늙은이를 돌봐 주지 않아요. (세레브랴코프의 어깨에 키스한다.) 자, 나리, 이제 주무셔야죠……. 자, 갑시다. 제가 보리수 차를 끓여 드릴 테니. 다리도 따뜻하게 해 드리겠어요……. 빨리 나아지라고 기도도 할게요…….

세레브랴코프 (감동하여) 그래, 갑시다, 마리나.

마리나 제 다리도 욱신욱신 쑤신답니다! (소냐와 함께 그를 데리고 간다.) 돌아가신 베라 마님은 늘 나리 걱정에 눈물짓곤 하셨어요……. 소냐는 그때 너무 어려서 기억을 못 하겠지만……. 자 어서 가시지요, 나리……

세레브랴코프, 소냐, 마리나 퇴장.

엘레나 난 저이 때문에 너무 지쳤어요. 쓰러질 것 같군요.

바냐 당신은 저 사람 때문에 지쳤지만, 나는 나 자신 때문에 지쳤어. 벌써 사흘 밤이나 눈을 못 붙였어.

엘레나 이 집은 정말 이상해요. 당신 어머니는 자신의 그 책자와 제 남편 외의 모든 걸 증오하죠. 남편은 화만 내면서 날 믿지도 않고, 당신 앞에선 쩔쩔매죠. 그리고 당신은 내 남편을 증오하고요. 당신 어머니를 멸시하고요. 그리고 소냐는 나와 2주일씩이나 대화를 하지 않고 나와 남편에게 화만 내고 말이에요. 아, 정말 짜증이 나서 오늘 스무 번이나 울었어요……. 정말 이상한 집이에요.

바냐 그런 말은 그만합시다.

엘레나 바냐, 당신은 교양 있고 현명한 분이니까 아실 거예요. 악인이나 화재 때문에 세상이 망하는 게 아니라, 증오, 적대감 같은 하찮은 일 때문에 세상이 망한다는 사실을 말이에요……. 그러니 당신도 불평만 할 게 아니라, 모두를 화해시키는 일을 해 보는 게 어때요?

바냐 우선 나부터 평화로워질 수 있도록 도와줘. 내 사랑……. (그녀의 팔을 붙든다.)

엘레나 이러지 마세요! (팔을 빼낸다.) 저리 가세요!

바냐 이 비가 그치면 자연 만물은 모두 편안한 얼굴로 생기를 되찾겠지. 하지만 난 그러지 못할 거야. '내 인생은 이미 영원히 끝장났다.'는 생각만이 마치 유령처럼 들러붙어 나를 괴롭힐 뿐이야. 난 청춘을 낭비했어. 쓸데없는 일에 눈이 팔려 허송세월하고 만 거야. 그리고 내 오늘엔 좌절만이 가득할 뿐이야. 하지만 내 마음속에 돋아난 사랑을 어쩌면 좋을까? 이 사랑으로 뭐라도 변할까? 내 마음속의 아름다운 감정은 어둠속에 떨어진 빛줄기처럼 결국 사그라지고 말 거야. 내 인생도 그렇게 끝나 버리겠지.

엘레나 당신이 나를 사랑하느니 어쨌느니 하는 얘기를 들을 때면 난 혼란스럽기만 할 뿐이에요. 미안해요, 전 당신에게 더 이상 할 말이 없어요. (가려고 한다.) 안녕히 주무세요!

바냐 (길을 가로막으면서) 나처럼 자신의 인생을 허비하는 어리석은 사람이 또 있지. 내가 그 사람 때문에 얼마나 괴로운지 당신은 모를 거야. 그 사람이 누구냐고? 바로 당신, 당신 인생 말이야. 대체 뭘 기다리고 있는 거지? 무슨 잘나 빠진 철학이 당신의 눈을 가리고 있는 거야? 제발, 나 좀 이해해 줘. 제발!

엘레나 (그를 뚫어져라 바라본다.) 이반 페트로비치, 취했군요!

바냐 그래, 취했을지도 모르지.

엘레나 의사 선생님은 어디 있죠?

바냐 저쪽에…… 내 방에서 자고 갈 거야. 그래, 내가 취했겠지. 뭐, 취한 건지도 몰라. 불가능한 건 없다고.

엘레나 오늘도 같이 마신 거예요? 대체 왜 이렇게 술을 마셔 대는 거예요?

바냐 술이라도 마셔야 사는 것 같으니까……. 방해는 마, 엘레나!

엘레나　예전에는 술 한 잔 입에 안 대던 양반이…… 이렇게 주정 부리지도 않았잖아요……. 가서 주무세요! 정말이지 당신 때문에 피곤해 죽겠군요.

바냐　(그녀 앞에 주저앉으며) 나의 사랑…… 아름다운 엘레나!

엘레나　(화를 내면서) 내 몸에 손대지 말아요. 당신 정말 역겨워요. (나간다.)

바냐　(혼자서) 가 버렸어……. (사이.) 십 년 전 그녀를 처음 만났지. 그때 그녀는 열일곱, 난 서른일곱이었어. 어째서 그때 난 그녀에게 청혼하지 않았을까? 잘될 수도 있었는데! 그랬으면 지금쯤 그녀는 내 아내가 되었을 텐데……. 그래…… 그랬다면 지금쯤은 두 사람 모두 폭풍우 소리에 깨어났을 거야. 그녀가 천둥소리에 놀라면, 나는 그녀를 꼭 안고서 부드럽게 속삭이겠지. '두려워하지 마. 내가 여기 있잖아.' 아, 생각만 해도 정말 좋구나! 하지만, 제길! 머리가 아파 오는군……. 어째서 난 이런 늙다리로 변해 버렸지? 왜 그녀는 내 마음을 몰라줄까? 그녀의 말투, 염치도 없는 여자 같으니, 세계의 파멸이니 뭐니 하는 쓸데없는 소리나 늘어놓고 말이야. (사이.) 아, 난 언제나 멍청이였어! 저 교수 놈, 그 빌어먹을 통풍 환자를 숭배했고, 그를 위해 소처럼 일했단 말이야! 나와 소냐는 이 땅 위에서 마지막 땀 한 방울까지 쥐어짜 냈어. 그렇게 만들어 낸 버터와 우유, 완두콩을 시장에 내다 팔았지. 정작 우리 입엔 한 톨도 넣지 못하면서 말이야! 한 푼 두 푼 악착같이 돈을 긁어모아 그 자식에게 보냈지. 난 그자와 그자가 연구하는 학문이 너무나 자랑스러웠고, 그걸 돕는 보람으로 살아왔으니까 말이야. 그의 말, 그의 글이 나에겐 마치 천재의 작품처럼 느껴졌지……. 맙소사, 그런데 지금은? 은퇴해 보니 그의 인생은 아무것도 아니었던 거야. 퇴물, 퇴물이라고. 그가 죽고 나면 아무도 그를 기억 못 해. 알량한 글 한 페이지도 남지 않을 거라고! 그 인간은 거품이야! 이제야 알았어. 난 완벽하게 속았어…….

아스트로프가 들어온다. 조끼도 넥타이도 없이 프록코트 차림이다. 그는 거나하게 취했다. 그의 뒤로 텔레긴이 기타를 들고 들어온다.

아스트로프 이봐, 기타 좀 쳐 봐!

텔레긴 모두 자고 있을 시간이야.

아스트로프 잔말 말고 빨리 해!

텔레긴이 나직하게 기타를 연주한다.

아스트로프 (바냐에게) 자네 혼자 있나? 여자들은 없고? (몸을 뒤로 젖히고 양손을 허리에 대고서 나직하게 노래한다.)

"오두막집이 들썩들썩, 난로도 춤을 춘다. 주인은 잠잘 곳이 없네……."

천둥소리에 잠에서 깼네. 엄청나게 쏟아지는구면. 지금 몇 시야?

바냐 알게 뭐야!

아스트로프 얼핏 엘레나 씨의 목소리가 들린 것 같았는데.

바냐 방금 전까지 여기 있었어.

아스트로프 하! 그녀는 정말 멋진 여자야. (식탁 위에 놓인 작은 약병들을 본다.) 약병인가? 처방전이 수도 없이 많구먼. 모스크바, 하리코프, 툴라 것까지! 고작 통풍 하나 고치려고 러시아의 온 도시를 들쑤시고 다녔구먼그려! 교수는 정말로 아픈 건가, 아픈 척하는 건가?

바냐 아픈 건 사실이야. (사이.)

아스트로프 오늘 왜 그렇게 우울해? 교수가 불쌍하다 뭐 이런 건가?

바냐 신경 끄게나.

아스트로프 뭐 그게 아니면, 교수 부인에게라도 반한 건가?

바냐 그녀는 내 친구야.

아스트로프 벌써?

바냐 '벌써'라니, 무슨 뜻이지?

아스트로프 여자와 남자가 친구가 되려면 순서가 필요하지. 처음에는 아는 사람, 그다음엔 애인, 그러고 나서 친구.

바냐 싸구려 철학이로군.

아스트로프 뭐야? …… 하긴, 그럴지도 모르겠군. 솔직히 말하자면, 나도 이제 슬슬 속물이 되어 가나 봐. 주정뱅이가 되어 버린 것 같아. 한 달에 한 번은 코가 삐뚤어지도록 마신다고. 그럴 때면 낯가죽이 아주 두꺼운 인간이 되어 버리지. 그럴 땐 모든 게 하찮아 보여! 아무리 어려운 수술도 기막히게 해내고, 미래에 대해 아주 거창한 계획도 세워 본다네. 그 순간만큼은 내가 괴짜가 아니라, 인류에게 엄청난 보탬이 되는 그런 사람이라고 믿는 거지……. 아주 큰 보탬 말이야! 그럴 때면 내 머릿속엔 독특한 철학 체계가 생겨

나지. 자네들 모두가 작은 벌레…… 미생물처럼 보인단 말이지. (텔레긴에게) 와플, 연주하라니까!

텔레긴 이보게, 당신 부탁이라면 언제든지 들어주겠지만, 지금은 집 안 사람들이 모두 자고 있잖나!

아스트로프 연주해!

텔레긴이 나직하게 기타를 연주한다.

아스트로프 한 잔 더 해야겠군. 가세. 저쪽에 아직 코냑이 남아 있을 거야. 아침이 오면 우리 집에 가자고. 같이 가겠나? (들어오는 소냐를 보고) 어이쿠 이거 실례, 넥타이도 매지 않았군. (서둘러 나간다. 텔레긴이 그의 뒤를 따라간다.)

소냐 바냐 삼촌, 또 의사 선생님과 한잔 하셨군요. 멋진 주정뱅이 친구를 사귀셨네요? 그래, 저분이야 늘 저렇다지만, 삼촌은 왜 그러세요? 나이깨나 드셔서 이게 뭔가요.

바냐 나이가 무슨 상관이냐. 삶이 무의미하면, 환상 속에서 사는 게지. 아무것도 없는 것보다는 나을 테니까.

소냐 매일 비가 와서 베어 놓은 건초가 자꾸만 썩고 있어요. 그런데 이 와중에도 삼촌은 환상만 쫓고 있군요. 농장 일은 완전히 나 몰라라 하고요……. 나 혼자 일하기 이젠 지쳤어요. 이젠 정말 진절머리 난다고요……. (놀라며) 어머나! 삼촌, 지금 우시는 거예요?

바냐 내가 울다니……. 잘못 본 거야……. 방금 네가 날 보던 눈빛이. 죽은 네 어미랑 꼭 닮았구나. 귀여운 소냐야……. (조카딸의 두 손과 볼에 키스한다.) 내 동생…… 사랑스런 누이야, 지금 넌 어디에 있니? 그 애가 알아준다면! 아아, 그 애가 알아준다면!

소냐 뭘요? 삼촌, 뭘 알아 달란 말인가요?

바냐 내 마음이 찢어지는 것 같구나, 아무것도 아니다……. 나중에……. 아무것도 아니야……. 이만 가 보련다……. (나간다.)

소냐 (문을 두드린다.) 미하일 리보비치! 주무시나요? 잠깐만요!

아스트로프 (문 뒤에서) 곧 나가마! (잠시 뒤에 들어온다. 이미 조끼를 입고, 넥타이를 매고 있다.) 무슨 일이지?

소냐 선생님 부탁이니 이젠 혼자 마시세요. 제발 삼촌께는 술 권하지 마세요. 건강에 해로우니까요.

아스트로프 그래, 알았다, 그렇게 하지. 난 곧 집으로 돌아갈 거야. 말이 준비되는 대로 새벽에라도 떠나겠다.

소냐 하지만 아직 비가 내리고 있는걸요. 아침까지 기다리세요.

아스트로프 폭풍우가 지나갔으니, 비가 곧 약해질 거다. 이제 가야하겠구나. 그리고 소냐. 부탁인데, 네 아버지 일로 이제 더 이상 날찾지 말아다오. 통풍이라고 얘기해도 류머티즘이라고 우기고, 누워 있으라 하면 앉아 있고 그러신단다. 오늘은 아예 얼굴도 안 보여 주시는구나.

소냐 응석받이가 되셨어요. (찬장을 뒤진다.) 뭐라도 좀 드시겠어요?

아스트로프 그러지, 고맙다.

소냐 전 밤에 먹는 걸 좋아한답니다. 찬장 속에 뭔가 있을 거예요. 사람들이 그러는데, 아버지는 젊을 때 여자들에게 인기가 많았대요. 그래서 여자들이 하도 뜻을 받아 주는 바람에 아버지가 응석받이가 되었다고 하더라고요. 자, 여기, 치즈 좀 드세요.

두 사람은 찬장 옆에 서서 음식을 먹는다.

아스트로프 아! 정말, 하루 종일 굶었단다. 네 아버지는 성질이 보통이 아니잖니. (찬장에서 술병을 꺼낸다.) 괜찮지? (한 잔 마신다.) 아무도 없으니 솔직히 말하마. 나는 이 집구석에서는 한 달도 못 살 거야. 숨이 막혀 죽을 것 같다. 네 아버지라는 사람은 책과 통풍에만 빠져 있고 네 삼촌 바냐는 우울증에 걸렸지. 네 외할머니, 그리고 마지막으로 네 새어머니는……

소냐 새어머니가 어떤데요?

아스트로프 인간이란 말이야. 모든 면에서 아름다워야 해. 얼굴, 옷차림, 마음, 생각까지 말이지. 물론 네 새어머니는 미인이긴 하지만……. 그녀는 먹고 자고 산책하고 그 미모로 우리 영혼을 빼놓는 것 외에는 아무것도 하지 않잖아? 그렇지 않니? 하는 일이 아무것도 없어. 내 말이 틀렸니? 게으른 인생은 결코 바람직하지 않아. 내 말이 잔인하게 들릴지는 모르겠지만, 네 삼촌처럼 나도 인생이 만족스럽지 않은 건 마찬가지거든. 그러니 그저 이렇게 불평만 해 댈 뿐이지.

소냐 정말 인생에 불만족하시나 봐요?

아스트로프 난 내 삶을 사랑하긴 하지만 러시아의 이런 작은 촌동네에서 살아가는 일은 너무나 끔찍하단 말이야. 지금의 내 일상은 생각하기만 해도, 오 맙소사! 아무런 가치도 없어. 어두운 밤 숲속을

헤맬 때, 저 멀리서 작은 불빛이 보인다면 아마 어둠도, 얼굴을 때리는 날카로운 잔가지의 존재도 까맣게 잊고 말겠지? 그동안 느꼈던 피로도 말끔히 사라지고 말이야. 너도 알다시피, 난 쉴 새 없이 일하지. 운명은 쉴 새 없이 나를 후려치고 있어. 가끔씩은 말이야, 더 이상 버틸 수 없을 것만 같은 순간이 찾아오곤 해. 나는 불빛 한 점 없이 어두운 숲을 영원히 헤매는 기분이야. 누군가를 사랑하고픈 의욕도 없어. 사랑이란 걸 해 본 기억조차 희미하단다.

소냐 정말 아무도 사랑하지 않나요?

아스트로프 그래, 아무도 사랑하지 않아. 그나마 네 유모에겐 호감이 남아 있지. 옛날부터 알아온 정 때문이야. 농부들은 하나같이 똑같아. 어리석고 더럽거든. 교양 있는 양반들은 어울리기 까다로워. 하나같이 어찌나 옹졸하고 편협한지 말이야. 한마디로, 따분한 인간들이야. 좀 똑똑하다는 인간들은 신경질만 부리고, 자기분석에만 빠져 있지. 그저 불평불만에 휩싸여서는, 남의 단점을 찾아내야 직성이 풀리는 히스테릭한 인간들이야. 그런 인간들은 슬금슬금 옆으로 다가와서는 눈치를 힐끔거리며 이렇게 말하지. "이 인간은 미쳤군.", "저 사람은 허풍쟁이야." 평가를 내릴 건수가 떨어지면 그저 무조건 내가 이상하다는 거야. 내가 숲을 좋아하는 것도 이상하고, 고기를 먹지 않는 것도 이상하다고 지껄여 대고 말이야! 사람과 사람 사이에서 싹트는, 자연과 사람 사이에서 우러나오는 그런 자연스러운 관계 따윈 더 이상 존재하지 않아. (밖으로 나가려 한다.)

소냐 (그를 가로막으며) 아, 이제 제발 그만 마시세요.

아스트로프 왜지?

소냐 이렇게 술에 절어 있는 건 선생님답지 않아요! 선생님은 고상한 분이고 또 이렇게 다정한 목소리를 가지신 분인데……. 제가 알고 있는 사람들 가운데 선생님이 가장 멋진 분이에요. 그런데 언제나 술에 취해 카드놀이나 하는 저속한 사람들 흉내를 내시는 거죠? 제발 그러지 마세요. 부탁이에요! 선생님께서는 사람들이 창조는 하지 않고, 하느님이 주신 것을 파괴만 하고 있다고 말씀하셨죠. 그런데 어째서 선생님은 스스로를 파괴하는 거죠? 그러지 마세요. 그러시면 안 돼요. 제발요.

아스트로프 (그녀에게 손을 내밀며) 다시는 술 마시지 않으마.

소냐 약속하세요.

아스트로프 내 명예를 걸고 맹세하지.

소냐 (그의 손을 꼭 쥐며) 고마워요! 선생님.

아스트로프 이제 술은 쳐다보지도 않겠어. 잘 봐, 난 이제 완전히 제정신이라고. 죽는 날까지 지금 이대로 살아갈 거라고. (시계를 본다.) 하지만, 내 인생에는 더 이상 아무것도 남아 있지 않았어. 나의 게임은 끝났지. 난 늙고 지친 속물이지. 감수성도 메마른 지 오래야. 누구도 소중히 여길 수 없고, 아무도 사랑하지 않겠지. 앞으로도 영원히 그럴 거야. 그저 아름다움만이 내 마음을 움직일 수 있어. 아름다움은 내 가슴을 뛰게 할 거야. 엘레나가 마음만 먹으면, 그 빛나는 아름다움으로 단숨에 내 눈을 멀게 할 거야. 하지만 그건 사랑이 아니야. 그건 진짜 사랑이 아니라고. (몸을 떨며 손으로 얼굴을 가린다.)

소냐 왜 그러세요?

아스트로프   아무것도 아니다. 사순절에 내 환자 중 한 명이 클로로 포름 마취 중 죽고 말았지.

소냐   그 일은 이제 그만 잊으셔도 될 것 같아요……. (사이.) 있잖아요, 선생님……. 만약에 제 친구나 여동생이 있어서, 정말 만약에 말이에요. 그 애가 선생님을 좋아하고 있다는 걸 알게 된다면 어떻게 하시겠어요?

아스트로프   (어깨를 으쓱하며) 글쎄, 잘 모르겠구나. 딱히 별다른 생각이 들지는 않는구나. 누가 날 좋아한다고 해도 그 사랑을 받을 만한 상태가 아니라고 말해야 하겠지. 어쨌든, 지금은 그런 일로 마음이 흔들릴 것 같진 않아. 아, 이제 정말 가야겠군. 잘 있어라. 이러다간 아침까지 여기서 수다나 떨고 있겠구나. (악수한다.) 응접실을 지나서 가야겠다. 네 삼촌에게 또 붙잡히면 곤란하거든. (나간다.)

소냐   (혼자서) 결국 한 마디도 해 주지 않고 가 버리셨네……. 그분의 심장은 아직도 돌처럼 딱딱하게 굳어 있는데, 난 왜 이렇게 설레는 걸까? (행복하게 웃는다.) 그래도 말할 수 있어서 다행이야. '당신은 우아하고 고상하고 다정한 목소리를 가지셨다.'고 말이야……. 혹시 말실수를 한 건 아니겠지? 아아, 아직도 선생님 목소리가 들리는 것 같아. 포근하게 날 어루만지는 것 같아. (두 손을 움켜쥐면서) 아아, 난 왜 이렇게 못생겼을까! 정말 싫다. 난 내가 못생겼다는 걸 알아. 알고 있어. 잘 알고말고. 지난 일요일에 사람들이 교회에서 나오면서 내 뒤에서 수군거렸지. "마음씨도 곱고 속이 착한 아이가, 저렇게 못생겼으니 가엾기도 하지……." 난 정말 못생겼어…….

엘레나가 들어온다.

엘레나   (창문을 연다.) 비가 그쳤구나. 공기가 정말 맑구나. (사이.) 의
  사 선생님은 어디 계시지?

소냐   댁으로 가셨어요. (사이.)

엘레나   소냐!

소냐   네?

엘레나   언제까지 나한테 뿌루퉁해 있을 거니? 서로 기분 나쁜 일도
  없었잖아. 왜 우리가 원수처럼 지내야 해? 그렇지 않니?

소냐   그래요, 저도 같은 생각이에요. (그녀를 껴안는다.) 이제 편하
  게 지내요.

엘레나   응, 그러자꾸나.

두 사람이 포옹한다.

소냐   아버지는 주무세요?

엘레나   아니, 응접실에 앉아 계셔⋯⋯. 우린 몇 주일 동안이나 말을
  하지 않았어. 이렇다 할 이유도 없는데 말이지⋯⋯. (찬장이 열려 있
  는 것을 보고) 왜 찬장이 열려 있지?

소냐   아스트로프 선생님이 식사를 하셨어요.

엘레나   포도주도 있네⋯⋯. 화해의 한잔 어때?

소냐   네, 좋아요.

엘레나   자, 술잔 하나로⋯⋯. (술을 따른다.) 이렇게 하는 게 낫지. 자,

이제부턴 우리 친구야, 그렇지?

소냐 그래요. (그들은 술을 마시고 키스한다.) 사실 옛날부터 잘 지내고 싶었어요. 그런데 어쩐지 서먹서먹해서……. (운다.)

엘레나 어머, 왜 우는 거야?

소냐 나도 모르겠어요. 그냥, 아무것도 아니에요.

엘레나 자, 이제 괜찮을 거야……. (함께 운다.) 이런 바보 같으니, 나까지 눈물이 나지 뭐야……. (사이.) 넌 내가 돈 때문에 네 아버지와 결혼했다고 생각해서 날 미워한 거지. 이제 그런 뜬소문일랑 믿지 말아 줘. 난 맹세코, 그이를 사랑해서 결혼했던 거야. 돈이 아니라, 그이의 명성과 높은 학식에 반했던 거지. 뭐 이제는 아니란 걸 알게 됐지만 말이야. 하지만 그때는 그게 진짜 사랑이라고 믿었어. 난 결백해. 하지만 넌 언제나 다 알고 있다는 듯 의심이 가득한 눈초리로 날 바라보았지.

소냐 그만, 그만! 이제 우리 잘 지내기로 했잖아요. 지난날은 잊기로 해요. 네?

엘레나 소냐, 그런 눈으로 사람을 보면 안 돼. 어떤 사람이든 믿어야 한단다. 안 그러면 살아갈 수 없어.

소냐 저에게 솔직하게 말해 줄 수 있나요? …… 지금 행복하세요?

엘레나 아니.

소냐 그래요. 그럴 줄 알았어요……. 그럼 하나만 더 물어볼게요. 우리 아버지가 좀 더 젊었으면 하고 바라시진 않았나요?

엘레나 넌 아직 어린애로구나. 물론 젊으면 좋겠지! (웃는다.) 그래, 또 물어볼 게 남았니?

소냐   아스트로프 선생님이 좋으세요?

엘레나   그럼, 물론이지. 좋고말고.

소냐   (웃는다.) 나 지금 멍청한 얼굴을 하고 있죠? 선생님은 가셨는데, 여전히 제 귀엔 여전히 그분의 목소리가, 발소리가 들려요. 어두운 창문을 바라보면 거기에 그분의 얼굴이 떠올라요. 제 진심을 좀 들어주세요……. 하지만 이렇게 큰 소리로 말하긴 너무 부끄럽네요……. 내 방으로 같이 가요. 거기서 다 얘기할게요. 내가 바보 같죠? 하지만 그분에 대해서 뭐라도 말해 주세요…….

엘레나   뭘 말하라는 거니?

소냐   선생님은 똑똑하고 뭐든지 할 수 있는 분이잖아요……. 환자도 고치고, 나무도 심고…….

엘레나   숲이니 의술이니 그런 게 중요한 게 아냐, 소냐. 중요한 건 그가 똑똑하다는 사실이지. 내 말이 무슨 뜻인지 알겠니? 그 사람은 용감하고, 생각이 깊은 분이야. 한 그루의 나무를 심으면서 천 년 뒤의 미래를 생각하고, 인류 미래의 행복을 그려 가는 사람이니까. 그런 사람은 흔치 않아. 당연히 많은 사람들에게 사랑받을 만한 사람이지. 가끔 술도 마시고 거칠게 행동할 때도 있지만 그게 무슨 상관이야? 러시아에 살면서 똑똑하면서도 성격도 좋다는 것은 불가능한 일이야. 너도 좀 생각해 봐. 저 의사 선생의 생활이 어땠는지! 길이란 걸을 수도 없는 진창길이고, 살을 에는 바람과 추위, 눈보라, 끝없이 먼 왕진 길, 거친 사람들, 주위에 득실거리는 가난과 질병. 열악한 상황에서 쉬지 않고 일하며 싸워 온 사람이 마흔 살이 될 때까지 술도 마시지 않고 제정신으로 살아가는 건 불가능한 일이야……. (그녀에게 키스한다.) 네가 행복해졌으면 좋겠어, 소냐. 넌 그만한 가치가 있는 사람이야. (일어난다.) 나는 따분하고 부속품 같은 존재야. 언제나 있으나 마나 한 존재였어, 소냐. 난 정말 세상에서 제일 불행한 여자야! (흥분해서 무대를 왔다 갔다 한다.) 나를 위한 행복은 이 세상에 한 줌도 남아 있지 않아! 없다고! 아니, 왜 웃는 거야?

소냐 (얼굴을 가리고 웃는다.) 난 정말 행복해요……. 행복해요!

엘레나 피아노를 치고 싶어……. 뭐라도 좋으니 연주하고 싶어.

소냐 연주해 주세요. (그녀를 껴안는다.) 난 잠이 올 것 같지 않아요. 피아노를 연주해 주세요!

엘레나 하지만 네 아버지가 아직 깨어 계신걸. 몸이 아플 때면 음악 소리에 예민한 양반이니까. 네가 가서 물어보렴. 허락하시면 연주할게.

소냐 알았어요. (나간다.)

정원에서 야경꾼의 딱따기 치는 소리가 들린다.

엘레나 피아노를 친 지도 꽤 오래됐네. 피아노라도 치며 실컷 울어야지. 바보처럼……. (창문 너머로) 예핌, 너니?

야경꾼 예, 접니다!

엘레나 시끄럽게 하지 마! 나리께서 편찮으시니.

야경꾼 이제 갑니다! (휘파람을 불면서 개를 부른다.) 어이 이리 오렴. 쥬치카 쥬치카! (사이.)

소냐   (돌아와서) 연주하지 말래요.

-막-

3막

세레브랴코프 집의 응접실. 왼쪽과 오른쪽 그리고 가운데에 세 개의 문이 있다. 낮. 바냐와 소냐는 앉아 있고, 엘레나는 무언가 생각에 잠겨서 무대를 왔다 갔다 한다.

바냐 교수가 다들 1시까지 이곳에 모여 있으라고 말했지. (시계를 본다.) 1시 15분 전이군. 무슨 거창한 발표라도 하려나.

엘레나 무슨 일이 있나 보죠.

바냐 일은 무슨 일. 되지도 않는 글이나 쓰고, 불평불만이나 하고, 질투나 하는 거 말고 하는 게 뭐 있다고.

소냐 (비난하는 투로) 삼촌!

바냐 그래, 그래, 미안하다. (엘레나를 가리키며) 저 사람을 좀 봐. 할

48

일이 너무 없어서 저렇게 하루 종일 서성거리고만 있잖아. 보기 좋구먼, 정말로.

엘레나　온종일 고장 난 녹음기처럼 똑같은 말만 떠드는군요. 지겹지도 않으세요? (우울하게) 지루해 죽을 지경인데 도대체 뭘 해야 할지 모르겠어요.

소냐　(어깨를 움츠리며) 일은 얼마든지 있어요. 하시려고 마음만 먹으면요…….

엘레나　예를 들면?

소냐　집안일을 해도 되고, 아이들을 가르치든 환자들을 보살피든 할 일은 얼마든지 있잖아요. 두 분이 여기 오시기 전까진 저와 바냐 삼촌은 시장에 밀가루를 내다 팔았답니다.

엘레나　그런 일은 나에게는 무리야……. 흥미도 없고. 어떻게 여자가 밖에 나가 농민들을 가르치고 환자를 보살피겠어? 그런 건 소설 속에서나 가능한 얘기야. 나 같은 사람이 갑자기 그런 일을 어떻게 하겠니?

소냐　하지만 어떻게 아무 일도 안 하고 살아요? 두고 보세요, 금세 익숙해지실 거니까요. (그녀를 껴안는다.) 슬퍼하지 마세요, 어머니. (웃으면서) 어머니는 이 세상을 겉도는 사람처럼 우울하고 불안해 보여요. 그런데 어머니의 그런 면이 사람들한텐 매력적으로 보이나 봐요. 보세요, 바냐 삼촌은 아무 일도 하지 않고 만날 그림자처럼 어머니 꽁무니만 좇아 다니잖아요. 저도 일거리는 내팽개쳐 두고 이렇게 어머니와 수다나 떨고 있고요. 아, 자꾸만 게을러져서 큰일이에요. 아스트로프 선생님도 예전엔 우리 집에 아주 가끔 오셨어요. 한 달에 한 번 오실까 말까였지요. 그런데 지금은 나무 심는 일도 환자 돌보는 일도 내팽개치고 매일 드나드시잖아요. 어머니는 요술쟁이인가 봐요.

바냐 왜 이렇게 시름에 잠겨 있지? 자, 사랑스러운 엘레나, 눈을 떠! 당신의 혈관 속에는 요정의 피가 흐르고 있어. 당신 차라리 진짜 요술쟁이가 되는 건 어떤가? 일생에 단 한 번만이라도 마음 가는 대로 살아보게. 물의 요정과의 사랑에도 흠뻑 빠져 보라고. 그래서 교수와 우리 모두가 다시 자유로워지도록.

엘레나 (화내면서) 정말 그만하세요! 정말 무례하군요! (나가려고 한다.)

바냐 (그녀를 막으며) 이런, 이런, 알겠어. 내가 사과하지. (손에 키스한다.) 화해하자꾸나.

엘레나 한 번만 더 그러면 참지 않겠어요.

바냐 화해의 표시로 꽃을 가져다줄게. 아침에 당신을 위해 꺾은 거야……. 가을 장미, 아름답고 우수에 찬 장미……. (나간다.)

소냐 가을 장미, 아름답고 우수에 찬 장미…….

두 사람은 창문을 본다.

엘레나 아아, 벌써 9월이야. 이곳에서 기나긴 겨울을 어떻게 지내지! (사이.) 의사 선생님은 어디 계시지?

소냐 바냐 삼촌 방에서 뭔가 쓰고 계세요. 마침 바냐 삼촌이 나가셔서 잘 됐네요. 어머니와 잠시 얘기할 게 있어요.

엘레나 뭔데?

소냐 글쎄 뭐겠어요? (그녀의 가슴에 머리를 기댄다.)

엘레나 자, 됐다. 됐어……. (그녀의 머리를 쓰다듬는다.) 괜찮아.

소냐 난 못생겼어요.

엘레나 넌 머릿결이 너무너무 곱단다.

소냐 아니에요! (거울에 비치는 자기 모습을 보려고 뒤돌아본다.) 아니
에요! 못생긴 여자에게 사람들은 이렇게 말하죠. "당신은 눈이 아
름다워요, 당신은 머릿결이 고와요……." 육 년 전부터 전 그분을
사랑해 왔어요. 사실 돌아가신 어머니보다 더 사랑해요. 자나 깨나
그분의 목소리가 들리는 것 같고, 그분과 악수하던 손길을 떠올려
요. 그분을 기다리면서 가만히 문을 보고 있으면 그분이 당장이라
도 들어올 것 같은 그런 기분이 들어요. 오늘도 전 그분에 대해 이
야기 나누고 싶어서 어머니께 온 거예요. 그분은 요즘 매일 이곳에
오시지만, 제겐 눈길조차 주지 않네요……. 너무 괴로워요. 제겐 희
망이 없어요. (절망적으로) 하느님께 힘을 달라고 밤새 기도했어요.
가끔은 그분한테 가서 먼저 말을 걸기도 하고, 그분의 눈을 뻔히
바라보기도 해요. 저한텐 이미 자존심도 자제력도 남아 있지 않아
요. 더 이상 못 참겠어서, 어저께 바냐 삼촌한테 그분을 사랑한다
고 고백해 버렸지 뭐예요……. 그래서 하인들까지도 제가 그분을
사랑한다는 걸 알아 버렸어요. 모두 안다니까요.

엘레나 의사 선생님은?

소냐 아뇨, 그분은 이 사실을 전혀 몰라요.

엘레나 (생각에 잠겨서) 참 이상한 사람이야. 그럼, 내가 그분과 이야

기해 보면 어떨까? 한번 떠 보는 거야……. (사이.) 언제까지나 이런 상태로 지낼 수는 없는 거잖아. 어때, 좋지? (소냐가 알았다는 듯이 고개를 끄덕인다.) 그래, 좋아, 그분이 너를 사랑하는지 사랑하지 않는지, 그걸 알아내는 건 어려운 일이 아니야. 그러니까 부끄러워하지도 말고, 불안해하지도 마. 눈치 못 채게 조심해서 물어볼게. 우린 그의 마음이 '예스'인지 '노'인지 그것만 알면 되는 거지. (사이.) 혹시 '노'라면 여기 오지 못하게 하면 되지. 안 그래? (소냐가 고개를 끄덕인다.) 얼굴 보지 않으면 차라리 더 편할 거야. 시간 안 끌고 그래, 지금 당장 물어볼게. 마침 선생님이 나한테 도면(圖面)을 보여 주겠다고 하셨거든! 자, 가서 말씀드려, 내가 뵙고 싶어 한다고.

소냐 (몹시 흥분해서) 나중에 사실대로 다 말해 주는 거죠?

엘레나 그럼, 물론이지. 진실이 어떻든 간에, 지금처럼 이도 저도 아닌 상태로 있는 것보다는 나아. 날 믿어, 소냐.

소냐 네, 네……. 어머니가 도면을 보고 싶어 한다고 선생님께 전할게요……. (걸어가다가 문 앞에 멈춰 선다.) 아니야, 그냥 모르는 게 나을지 몰라요. 대답 안 들으면 어쨌든 희망은 남아 있으니까…….

엘레나 왜 그러니?

소냐 아무것도 아니에요. (나간다.)

엘레나 (혼자서) 다른 사람의 비밀을 알면서도 도울 수 없다는 건 너무 힘든 일이야. (생각에 잠겨서) 그분은 소냐를 사랑하지 않는 게 분명해. 하지만 그렇다고 둘이 결혼 못 할 이유가 뭐람? 그 아이는 예쁘지는 않지만, 중년의 시골 의사에겐 훌륭한 아내감이라고. 똑똑하고, 저토록 마음씨 곱고 순수한 아이인데……. (사이.) 불쌍한 소냐, 난 그 애 마음을 알아. 그저 헛소리나 지껄이고, 아는 거라고는 먹고 마시고 자는 것뿐인 인간들에게 둘러싸인 채 그 애는 살고 있지. 지독하게 외로울 거야. 그러니 이곳의 다른 사람과는 전혀 다른, 잘생기고 재미있고 매력적인 그 의사를 볼 때면 어둠 속에 밝은 달이 떠오르는 것처럼 느껴지겠지……. 그런 사람에게 끌릴 수밖에 없어. 나도 조금은 그에게 끌리는 것 같거든. 그래, 맞아, 나도 그분이 안 오시면 왠지 허전하고, 그분을 생각하면 나도 모르게 이렇게 미소 짓게 되니 말이야……. 바냐는 내 혈관 속에 요정의 피가 흐르는 것 같다고 말했지. 일생에 한 번만이라도 마음 가는 대로 살아 보라고. 어쩌면 그가 옳은지도 몰라……. 자유로운 새처럼 날고 싶어. 당신들 모두에게서, 당신들의 졸린 표정과 따분한 대화로부터 멀리 날아가 이 세상 모든 사람을 잊을 수만 있다면……. 하지만 난 겁쟁이야. 난 두려워……. 양심의 가책 때문에 결국 못할 거야……. 그분은 매일 여기 오지만, 난 그분이 여기 오는 이유를 이미 알고 있어. 벌써부터 죄책감이 들어서 소냐 앞에서 무릎을 꿇고 용서를 빌며 울면서 사과해야 될 것만 같아.

아스트로프 (도면을 가지고 들어온다.) 안녕하십니까! (악수한다.) 내 도면을 보고 싶어 하신다고요?

엘레나 어제 저에게 도면 보여 주시겠다고 약속하셨잖아요……. 시간 괜찮으세요?

아스트로프 아, 물론입니다. (카드용 탁자 위에 지도를 펼치고 제도용 핀으로 고정한다.) 어디서 태어나셨나요?

엘레나 (그를 도와주면서) 페테르부르크에서요.

아스트로프 학교는요?

엘레나 음악 학교를 다녔어요.

아스트로프 그렇다면 이런 도면엔 흥미가 없을 것 같은데요?

엘레나 왜요? 사실 시골은 잘 모르지만, 시골에 대한 책은 꽤 읽었어요.

아스트로프 바냐의 방에 저만 쓰는 책상이 있습니다. 녹초가 될 정도로 지쳐 버리면, 모든 걸 던져 버리고 그곳으로 달려가곤 하죠. 그리고 한 시간이고 두 시간이고 이 도면을 만지며 시간을 보냅니다. 바냐와 소냐는 소리 내어 주판을 튕기고, 나는 그 옆 책상에 앉아 도면을 그리지요. 그러면 말할 수 없이 마음이 훈훈하고 평온해집니다. 귀뚜라미 소리도 들리고 말이죠. 그러나 이런 즐거움을 자주 맛보는 것은 아닙니다. 한 달에 한 번쯤이죠……. (도면을 가리키면서) 자, 여길 보세요. 오십 년 전 우리 고장의 지도입니다. 짙은 초록색과 옅은 초록색은 숲을 뜻합니다. 전체 평지의 절반이 숲입니다. 초록색 위 붉은 구역에서는 큰 사슴과 산양이 살았습니다……. 저는 이 도면에 이 지방에 서식하는 동식물을 표시했습니다. 이 호수에는 백조, 거위, 오리가 살았고, 노인들 말에 의하면 온갖 종류의 새들이 구름처럼 큰 떼를 지어 날아다녔다고 합니다. 보십시오. 크고 작은 농촌마을 말고도 여러 가지 이주민촌, 농가, 분리파 교도의 수도원, 물레방앗간 등이 보이지요……. 소와 말도 많았죠. 하늘색으로 칠한 부분이요. 이를테면 여기, 하늘색이 짙게 칠해진 이 지역엔 한 집에 평균 세 필의 말이 있었다고 합니다. (사이.) 이제 그 아래 도면을 볼까요. 이십오 년 전의 모습입니다. 지금은 숲이 전체 면적의 3분의 1밖에 남지 않았습니다. 산양도 사슴도 이젠 볼 수 없지요. 초록색과 하늘색 부분이 벌써 점점 옅어지는 게 보이시죠. 다른 것들도 마찬가지예요. 자, 세 번째 도면으로 옮깁니다. 이 것이 우리 고장의 현재 상황입니다. 초록색이 이곳저곳에 보입니다만, 그리 많지는 않지요. 이젠 사슴도, 백조도, 멧닭도 죄다 사라졌습니다……. 예전에 있었던 이주민촌과 농가, 수도원, 물레방앗간은 이젠 흔적조차 없습니다. 서서히 쇠퇴해 가는 모습이 확연히 눈에 띕니다. 기껏 해야 십 년 내지 십오 년이 지나면 우리 고장의 숲은 완전히 사라질 겁니다. 당신들은 이런 걸 문화의 영향이라 말하면서, 오래된 생활은 자연히 새 생활에 자리를 양보해야 한다고 말하겠죠. 예를 들자면, 포장된 도로가 생기고, 철도가 놓이고, 크고 작은 공장과 학교가 건립되기 위해서 숲을 송두리째 없애 버린 거라면 저도 수긍하겠습니다. 그렇다면 사람들은 건강하고, 부유하고, 똑똑해질 것인데 말입니다. 그런데 보다시피 그런 흔적은 하나도 없습니다. 모기가 가득한 늪지와 낡고 거친 길, 거기다 여전한 가난과 장티푸스, 디프테리아, 빈번한 화재에 시달리죠……. 우리 고장이 이렇게 낡고 뒤쳐진 이유는 먹고사는 일에만 눈이 멀어 서로 경쟁하는 사람들 때문입니다. 이런 비참한 경쟁은 무지와 무관심에서 비롯된 것입니다. 굶주림과 추위, 질병에 시달리는 주민들은 제 자식을 먹여 살리자고 고픈 배를 채우기 위해, 추위를 피해 위해 무엇이든 닥치는 대로 써 버린 탓이지요. 미래에 대한 생각 따윈 없이 눈에 보이는 모든 걸 무분별하게 파괴해 버렸기 때문입니다. 거의 모든 게 파괴되어 사라졌는데, 새롭게 창조된 건 아무 것도 없지요. (냉담하게) 하지만 부인에겐 별로 재미없는 얘기겠죠.

엘레나 그런 문제는 솔직히 잘 모르겠네요……

아스트로프 알고 모르고 할 게 뭐 있나요. 그냥 관심이 없는 거죠.

엘레나 솔직히 말씀드리면, 지금 전 다른 데 정신이 팔려 있어서요. 죄송해요. 당신한테 물어볼 말이 있는데, 어떻게 여쭤 봐야 할지 잘 모르겠네요.

아스트로프 혹시 절 심문하시려는 겁니까?

엘레나 뭐, 심문이라면 심문이겠죠. 하지만 심각한 건 아니에요. 앉 으세요! (두 사람이 자리에 앉는다.) 어떤 젊은 아가씨에 관한 이야기 예요. 친구로서, 우리 솔직하게 얘기하기로 해요. 그리고 이야기가 끝나면 저랑 나눈 대화는 모두 잊어 주세요. 어때요?

아스트로프 그러죠.

엘레나 사실 제 딸, 소냐에 관한 일이에요. 선생님 그 아이를 어떻 게 생각하세요?

아스트로프 전 정말 좋은 아가씨라고 생각합니다만.

엘레나 여자로서 마음에 드시느냐 말이에요!

아스트로프 (잠시 망설이다가) 아닙니다.

엘레나 하나만 더 묻고 끝낼게요. 당신은 아무것도 눈치채지 못하 셨나요?

아스트로프 전혀요.

엘레나 (그의 손을 잡는다.) 선생님이 그 아이를 사랑하지 않는다는 건 알아요. 눈빛만 봐도 눈치챌 수 있거든요. 그 아이는 지금 무척 괴로워하고 있답니다. 그 아이를 생각하신다면, 이제 이곳에 오지 말아 주세요.

아스트로프 (일어난다.) 나의 시대는 이미 지나갔습니다. 게다가 시간도 없고요…… (어깨를 으쓱하며) 제게 어디 그럴 틈이 있겠습니까? (당황해한다.)

엘레나 휴우, 얼마나 말씀드리기 힘들었는지 몰라요! 짐을 천 근이나 지고 가는 것처럼 답답했어요. 어쨌든 이야기는 여기서 끝이에요! 선생님은 저한테 아무것도 듣지 않으신 것처럼 잊어 주세요. 그리고…… 그리고 떠나 주세요. 당신은 현명한 사람이니까, 이해하시겠죠……. (사이) 이런, 제가 다 얼굴이 붉어지네요.

아스트로프 한두 달 전에 이 얘기를 들었다면 좀 더 다르게 생각해 봤을지도 모르지만……. (어깨를 으쓱한다.) 그녀가 괴로워하는 걸 알았으니 더 이상은 어쩔 수 없군요. 다만 한 가지 알 수 없는 게 있군요. 어째서 당신이 나에게 이런 질문을 했냐는 겁니다. (그녀의 눈을 주시하고는 손가락을 세워 흔들어 보이며) 당신은 교활한 분이군요!

엘레나 무슨 말씀이죠?

아스트로프 (웃으면서) 당신은 교활한 사람이에요. 당신 말대로 소냐가 실제로 괴로워하고 있다고 칩시다. 하지만 당신이 이렇게 직접 내 마음을 떠볼 필요가 있었을까요? (그녀의 말을 막으면서 재빨리) 아니, 놀란 얼굴 하지 마세요. 당신은 잘 알고 있습니다. 내가 왜 매일 여기 오는지, 누구 때문에 여기 오는지 당신은 잘 알고 있어요. 아름다운 암표범이여, 날 그런 눈으로 보지 말아요. 난 늙어 빠진

참새에 지나지 않으니까.

엘레나 (어리둥절한 표정으로) 암표범이라뇨? 도통 무슨 말인지 모르겠군요.

아스트로프 위험할 만큼 아름다운 암표범이죠. 당신에겐 제물(祭物)이 필요하겠죠. 한 달 내내 난 모든 걸 내팽개치고 당신 뒤만 열렬히 쫓고 있습니다. 당신은 이런 내 모습을 보는 걸 좋아하죠. 당신은 내 마음을 굳이 떠보지 않더라도 이미 모든 걸 다 알고 있잖아요? (팔짱을 끼고 고개를 숙여 절하며) 항복입니다. 자, 마음대로 하십시오!

엘레나 당신 정말 미쳤군요!

아스트로프 사실을 말하는 걸 두려워하는군요.

엘레나 이봐요, 나는 당신이 생각하는 닳고 닳은 여자가 아니에요! 그럼, 안녕히. (가려고 한다.)

아스트로프 왜 떠나려는 건가요? 안녕이라니, 그런 말은 말아요! 아, 당신은 얼마나 아름다운지……. 이 얼마나 사랑스러운 손인지! (그녀의 손에 키스한다.)

엘레나 이제 그만하세요……. 빨리 나가세요……. (손을 뺀다.) 정말 제정신이 아니군요!

아스트로프 자, 내게 말해 줘요. 우리 내일 어디서 만날까요? (그녀의 허리를 끌어안는다.) 우리 사이는 운명이에요. 우린 만나야만 해요. (키스한다. 바로 그때 장미 꽃다발을 들고 들어오던 바냐가 문가에 멈춰 선다.)

엘레나 (바냐를 보지 못하고) 안 돼요……. 이거 놓으시라니깐요…….

(아스트로프의 어깨에 머리를 기댄다.) 안 돼요! (그에게서 떨어지려고 한다.)

아스트로프 (그녀의 허리를 붙든 채) 내일 숲으로 와요……. 2시경에, 응? 꼭 오는 거죠?

엘레나 (바냐를 보고 나서) 이거 놔요! (몹시 당황하여 창문 쪽으로 물러 선다.) 정말 끔찍하군요!

바냐 (꽃다발을 의자에 내려놓는다. 그리고 흥분해서 손수건으로 얼굴과 목덜미를 닦는다.) 괜찮아……. 뭐…… 괜찮고말고…….

아스트로프 친애하는 이반 페트로비치, 오늘은 날씨가 꽤 좋군. 비라 도 올 것처럼 오전엔 흐리더니, 지금은 햇볕이 아주 따사로워. 정 말이지 멋진 가을이 온 거지……. 가을 파종도 문제없겠고. (도면을 통 안으로 말아 넣는다.) 하지만 낮이 점점 짧아지는군……. (나간다.)

엘레나 (빠른 걸음으로 바냐에게 다가온다.) 바냐, 오늘 당장 나와 남편 이 여기를 떠날 수 있도록 당신이 힘 좀 써 주세요. 듣고 있어요? 오늘 당장이요!

바냐 (얼굴을 닦으면서) 뭐라고? 아, 그래. 뭐 좋아……. 엘레나, 난 다 봤어. 죄다…….

엘레나 (신경질적으로) 내 말 들었죠? 난 오늘 당장 여길 떠나야 한 다고요!

세레브랴코프, 소냐, 텔레긴 그리고 마리나가 들어온다.

텔레긴 교수님, 저도 웬일인지 몸이 좋지 않습니다. 벌써 이틀째 이 모양이네요. 머리가 어쩐지 멍한 게…….

세레브랴코프 다른 사람은 다 어디 있지? 난 이 집이 싫어. 무슨 미궁 같잖아. 쓸데없이 큰 방이 스물여섯 개나 있어. 사람들이 사방으로 흩어지기라도 하면 누가 어디 있는지 알 수가 있어야지. (종을 친다.) 마리야와 엘레나를 이리로 불러 오게!

엘레나 저 여기 있어요.

세레브랴코프 여러분, 앉으시오.

소냐 (엘레나에게 다가가서 초조하게) 선생님이 뭐라세요?

엘레나 나중에.

소냐 아니 몸을 떨고 계시잖아요? 왜 이렇게 놀라셨어요. (재빠르게, 살피듯이 그녀의 얼굴을 들여다본다.) 알겠어요……. 그분이 더 이상 여기 오지 않겠다고 하셨군요. 그렇죠?

엘레나는 고개를 끄덕인다.

세레브랴코프 (텔레긴에게) 몸이 아픈 것은 견딜 수가 있지만, 이놈의 시골 생활은 견딜 수가 없어. 마치 낯선 행성에 떨어진 것 같다니까. 여러분, 앉으시오. 소냐!

소냐는 그의 말을 듣지 못한 채 슬프게 고개를 떨어뜨리고 있다.

세레브랴코프 소냐! (사이.) 안 들리는 모양이군. (마리나에게) 이보게, 유모! 유모도 여기 앉게나.

유모가 앉아서 양말을 뜬다.

세레브랴코프 자, 여러분. 그러니까, 이제부터 귀를 잘 기울여서 들어주십시오. (혼자 웃는다.)

바냐 (흥분해서) 아마 난 이 자리에 있을 필요 없겠지? 가도 되나요?

세레브랴코프 아니야. 이 자리에서 자네는 제일 중요한 사람이야.

바냐 아니, 도대체 내가 있어야 할 이유가 뭡니까?

세레브랴코프 그건…… 그런데 대체 왜 이렇게 화를 내는 건가? 내가 자네한테 뭔가 잘못했다면, 용서해 주게, 부탁하네.

바냐 서론은 필요 없어요. 본론이나 말하세요. 원하는 게 뭡니까?

마리야가 들어온다.

세레브랴코프 마침 장모님도 오셨군. 자, 그럼 시작하겠습니다. (사이.) 여러분, 제가 여러분을 오시라고 한 이유는, 대단히 중요한 한 가지 문제를 같이 논의하기 위해서입니다. 이 자리에서 저는 여러분의 협력과 도움을 구하려고 합니다. 여러분의 한결같은 호의에 힘입어 제 기대가 이뤄지리라 믿고 있습니다. 저는 책에 파묻혀 사는 학자라서 실제적인 생활은 잘 알지 못했습니다. 그래서 세상물정에 밝은 여러분의 도움 없이는 해결할 수가 없기에 이반 페트로비치, 일리야 일리치, 그리고 장모님께 이렇게 부탁드리는 겁니다. 진리는 Manet omnes una nox(라틴어로 '죽음이 모두를 기다린다.'는 뜻_옮긴이)겠지요. 이 말의 뜻이 뭐냐 하면, "우리네 인생은 하느님의 뜻에 달렸다." 이런 말씀입니다. 저는 이제 늙고 병들었습니다. 그래서 지금 상황이 가족과 관련된 재산 문제를 정리할 좋은 때라고 생각합니다. 저는 살날이 며칠 남지 않은 늙은이라 이제 어떻게 되도 괜찮다지만, 제게는 젊은 아내와 시집가지 않은 딸이 남아 있습니다. (사이.) 저는 도저히 시골에서 살아갈 수가 없는 몸입니다. 적응하기조차 힘듭니다. 하지만 이 토지에서 얻는 수입으로는 도시에서도 생활할 수 없습니다. 예를 들자면, 토지의 나무를 잘라 목재를 판다고 해도, 그것은 비상수단이라 해마다 그렇게 할 수는 없잖습니까. 금액이 적든 많든 간에, 안정적인 수입을 보장할 수 있는 방법을 찾아야만 합니다. 그래서 저는 한 가지 방법을 생각해 냈으니 여러분이 한번 같이 생각해 주십시오. 요점만 말하자면, 우리 토지는 현재 투자금 대비 평균 2퍼센트 이상의 수입도 올리지 못하는 상태입니다. 그래서 저는 우리 토지를 매각하려고 합니다. 토지 판매 대금을 유가증권에 투자하면 4 내지 5퍼센트의 수입을 지속적으로 얻을 수 있습니다. 그렇게 하면 몇천 루블의 돈이 생길 것이고, 그 돈으로 핀란드에 조그만 별장쯤은 살 수 있을 겁니다.

바냐 잠깐만…… 내가 잘못 들은 건가? 다시 한 번 말씀해 보시오.

세레브랴코프 매각한 돈을 유가증권으로 바꾸고 그 돈으로 핀란드에 별장을 사자고 했네.

바냐 핀란드 말고…… 뭔가 다른 말을 하셨잖소?

세레브랴코프 토지를 팔자고 말했네.

바냐 아, 바로 그거요! 그러니까 토지를 파시겠다고요? 놀랍군, 아주 놀라운 발상이야. 그러면 내 늙은 어머니와 나, 그리고 소냐는 어디 가서 살라는 말씀입니까?

세레브랴코프 그건 나중에 다시 의논하세. 지금 당장 파는 게 아니라고.

바냐 잠깐만요! 지금껏 내 머리가 잘못되었나 봅니다. 난 바보처럼 이 토지가 소냐의 것이라고 굳게 믿어 왔는데 말이죠. 돌아가신 아버지께서 내 누이의 지참금으로 이 토지를 사셨단 말이오. 지금까지 난 터키식이 아니라 러시아식으로 법을 이해해서 이 토지가 내 누이동생에게서 딸 소냐에게 당연히 상속되었다고 생각해 왔지 뭡니까.

세레브랴코프 그야 물론 토지는 소냐 것이 맞지. 누가 아니라고 하던가? 소냐가 동의하지 않으면 토지를 팔 수 없어. 게다가 토지를 팔자고 제안하는 것은 모두 소냐를 위해서야.

바냐 정말 알 수가 없군. 알 수가 없어! 아니면 내가 미친 건가? 아니면……?

마리야 바냐, 알렉산드르 말에 반대하지 말거라. 뭐가 좋고 뭐가 나쁜지 저 사람이 우리보다 잘 알고 있으니까.

바냐 아니라니까요, 물 좀 주세요……. (물을 마신다.) 자, 하고 싶은 말씀을 다 해 보시죠!

세레브랴코프 자네가 왜 이렇게 흥분하는지 모르겠네. 내 계획이 완벽하다고 말한 게 아니야. 만일 모든 사람이 반대한다면 나도 내 뜻을 꺾겠네. (사이.)

텔레긴 (당황해하면서) 존경하는 교수님, 저는 학문이라는 것에 존경심을 품고, 친근감까지 느끼고 있습니다. 제 형수님의 오라버니는,

어쩌면 아실지도 모르겠습니다만, 콘스탄틴 트로피모비치 라케데모노프인데, 석사 학위를 갖고 있지요…….

바냐 가만히 있게, 와플. 내 말 아직 안 끝났어. 그런 얘긴 나중에 하라고. (세레브랴코프에게) 자, 이 친구에게 물어보세요. 이 토지는 이 친구 삼촌한테 샀으니까.

세레브랴코프 아아, 지금 내가 그걸 물어본들 무슨 소용이 있지?

바냐 그 무렵 이 토지의 가격은 9만 5천 루블. 아버지는 7만 루블을 지불하셨고, 나머지 2만 5천 루블은 고스란히 빚으로 남았죠. 제 말 잘 들으세요! 사랑하는 여동생을 위해 내가 상속권을 포기하지 않았더라면 이 토지는 절대 살 수 없었어요. 나는 십 년 동안 소처럼 일해서 모든 빚을 깨끗이 갚았어요.

세레브랴코프 말을 꺼내지 말 걸 그랬군.

바냐 땅을 사면서 생긴 빚을 갚고, 이 땅을 비옥하게 관리한 건 바로 저예요. 그런데 제가 나이를 먹으니 뒤통수를 치는 겁니까? 이 땅에서 나가란 말이에요?

세레브랴코프 도대체 무슨 말을 하는 겐가!

바냐 나는 이십오 년 동안 이 땅을 피땀 흘려 관리해 왔어요. 이렇게 양심적인 관리인을 본 적이 있나요? 난 한 푼도 빠짐없이 당신에게 이익금을 송금했는데, 당신은 그동안 단 한 번도 내게 고맙다고 말한 적이 없어요. 젊을 때나 지금이나 똑같이 고작 일 년에 500루블 받을 뿐이에요. 거지가 일 년 동안 동냥 받는 돈도 그거보다는 많을 거예요. 그런데도 당신은 단 1루블이라도 올려 줄 생각조차 한 적이 있었나요?

세레브랴코프 이보게 바냐, 그걸 내가 어찌 알겠나? 난 실생활에 깜깜한 사람이라니까. 자네 스스로 봉급을 올릴 수도 있잖나. 자네가 원하는 만큼 말이야.

바냐 돈을 왜 빼돌리지 않았냐는 말이오? 양심에 따라 살아온 내가 바보다 이겁니까? 그럴 걸 그랬군요. 그렇다면 지금처럼 거지 꼴은 아니겠지!

마리야 (엄격하게) 쟌!

텔레긴 (안절부절못하며) 이보게, 바냐. 그만두게, 그만둬……. 이제 와서 교수님 얼굴을 아예 안 보겠다는 건가? (그를 껴안는다.) 그러지 말게.

바냐 나와 어머니는 이십오 년 내내 굴속에 처박힌 두더지마냥 이곳에서 썩어 지냈어요. 우리는 교수, 당신만을 오매불망 생각했고 당신이 우리의 희망이었어요. 낮에는 당신의 연구에 대해 자랑스럽게 이야기했고, 존경심에 가득차서 당신의 이름을 되뇌었어요. 밤에는 당신이 쓴 책과 논문을 읽으며 보냈어요. 그 역겨운 것들을 말이야.

텔레긴 그러지 말게, 바냐. 그러지 말라고……. 더 이상 들을 수가 없군…….

세레브랴코프 (분노하면서) 알 수가 없군. 대체 뭘 바라는 건가?

바냐 우리는 당신을 거의 신처럼 떠받들었어요. 하지만 내 눈은 똑바로 볼 수 있어! 이젠 당신이 어떤 인간인지 똑똑히 알게 됐다고요! 당신은 예술이니 뭐니 글을 써 대지만, 정작 예술에 대해 아는 건 아무것도 없어요! 내가 그토록 우러러 보던 당신의 모든 책은 한 푼의 가치도 없었다고요! 당신은 우리를 속였어!

세레브랴코프 누가 제발 저자를 진정시켜요! 난 가야겠소!

엘레나 바냐, 알겠으니 이제 그만해요!

바냐 날 막지 마! (세레브랴코프의 길을 막아서면서) 기다려요, 아직 내 말 끝나지 않았어요! 당신은 내 일생을 망쳤어요! 난 살아도, 산 게 아니란 말이오! 당신 때문에 내 젊음은 허송세월이었소! 당신은 내 인생의 원수라고!

텔레긴 더 들을 수가 없겠구먼……. 가야겠어. (몹시 흥분하여 나간다.)

세레브랴코프 그래! 나한테 원하는 게 뭔가? 이렇게 무례한 말투로 나한테 말하는 이유가 뭐야? 쓸모없는 인간 같으니! 그래, 자네 말대로 이 토지가 자네 것이라면, 가져가. 난 필요 없으니까!

엘레나 여긴 지옥이야! 난 나갈 테야! (고함을 지른다.) 더 이상 못 견디겠어요!

바냐 내 인생은 실패 그 자체야! 나도 강하고 용감한 사람이었는데……. 만일 내가 제대로 살았다면 쇼펜하우어나 도스토옙스키가 되었을지도 몰라! 쓸데없는 소리. 내가 점점 미쳐 가는군. 어머니, 이제 남은 건 절망뿐이라고요! 어머니!

마리야 (엄격하게) 알렉산드르의 말을 잘 들으라니까!

소냐 (유모 앞에 무릎을 꿇고 바싹 기댄다.) 유모! 유모!

바냐 어머니! 전 어떻게 해야 하죠? 아니, 아무 말도 마세요! 어떻게 해야 하는지는 내가 알아요! (세레브랴코프에게) 당신도 곧 알게 될 거요. (가운데 문으로 나간다.)

마리야가 그의 뒤를 따라간다.

세레브랴코프 대체 이게 무슨 일이야? 저 미친놈을 데리고 나가! 도 저히 저 인간과는 한 지붕 아래서 살 수 없어! 저 인간의 방이 (가 운데 문을 가리킨다.) 내 바로 옆방이라고. 당장 마을로 떠나든지 별 채로 방을 옮기든지 하라고 해. 안 그러면 내가 여길 떠나겠어. 저 인간과는 절대 한집에서 살 수 없다고!

엘레나 (남편에게) 오늘 여길 떠나요! 지금 당장 떠나잔 말이에요.

세레브랴코프 한심한 녀석 같으니!

소냐 (무릎을 꿇은 채 아버지를 향해서, 초조하게 울먹이는 목소리로) 너 그렇게 용서해 주세요, 아버지! 저와 바냐 삼촌은 정말로 불행해 요! (눈물을 참으면서) 제발 저희 좀 생각해 주세요! 아버지 젊었을 때 바냐 삼촌과 할머니는 밤마다 아버지를 위해서 책을 옮겨 쓰고 아버지의 논문을 정리하셨잖아요. 매일 밤마다 말이에요! 저와 삼 촌은 쉬지 않고 일했어요. 진짜 한 푼도 안 쓰고 전부 아버지한테 부쳐 드렸어요. 우린 공짜 밥을 먹은 게 아니에요! 아, 이런 말을 하려는 게 아닌데. 그래도 아버지는 저희를 이해해 주셔야 해요!

엘레나 (흥분하면서 남편에게) 알렉산드르, 제발 가서 오해를 풀어 요. 부탁할게요.

세레브랴코프 알겠소, 바냐와 오해를 풀도록 해 보겠소. 나는 그를 비난하는 것도, 화를 내는 것도 아니란 말이오. 하지만 다들 봤잖 소? 그 친구 행동이 많이 이상했다는 거. 당신도 그렇게 생각하오? 아무튼, 좋아. 내가 다녀오겠소. (가운데 문으로 나간다.)

엘레나 그 사람 화가 풀리도록 좀 다독거려 주세요. (그의 뒤를 따라 나간다.)

소냐 (유모에게 매달리면서) 유모! 유모!

마리나 괜찮아요. 거위들도 요란스럽게 꽥꽥거리다가도 곧 조용해지곤 하죠……. 꽥꽥거리다가도 곧 그친다니까요…….

소냐 유모!

마리나 (그녀의 머리를 쓰다듬는다.) 사시나무 떨듯이 떨고 있군요! 자, 자, 우리 아가씨. 걱정 마세요. 하느님은 우리를 돌봐 줄 거예요. 자, 보리수차를 마시면 좀 나아질 거예요……. 울지 말아요, 예쁜 아가씨. (가운데 문을 바라보고 분노하면서) 저런, 거위들이 또 꽥꽥대는군. 망할 것들!

무대 뒤에서 총소리. 엘레나의 비명이 들린다. 소냐가 몸을 떤다.

마리나 에구머니, 정말 왜들 저러는 거야?

세레브랴코프 (공포에 질려 비틀거리면서 달려 들어온다.) 저 녀석을 막아 줘! 막으라고! 저놈은 미쳤어!

엘레나와 바냐가 문 앞에서 다툰다.

엘레나 (그의 손에서 권총을 빼앗으려고 애쓰면서) 내놔요! 이리 달라고 하잖아요! 빨리요!

바냐 이거 놔, 엘레나! 놓으란 말이야! (그녀를 뿌리치고 달려 들어와 눈으로 세레브랴코프를 찾는다.) 어디 있어? 아, 저기 있군! (그를 향해 총을 쏜다.) 탕! (사이.) 안 맞았나? 또 빗나간 거야? (화가 나서) 빌어 먹을……. 제기랄……. (권총을 마룻바닥에 내팽개치고 기진맥진해져 의자에 앉는다. 세레브랴코프는 너무 놀라 하얗게 질리고, 엘레나는 현기 증이 나서 벽에 기댄다.)

엘레나 누가 나 좀 여기서 데리고 나가 줘요! 내보내 줘요! 더 이상 은 여기 있을 수 없단 말이에요!

바냐 (절망적으로) 오, 내가 무슨 짓을 한 거야! 내가 뭘 한 거야?

소냐 (나지막하게) 유모! 유모!

-막-

4막

바냐의 방. 그의 침실 겸 사무실이다. 창가에 회계 장부와 각종 서류가 놓여 있는 커다란 탁자와 사무용 책상, 장롱, 저울이 있다. 아스트로프 전용의 작은 탁자 위에는 도면 그리는 데 필요한 도구와 물감이 있고, 그 옆에는 캔버스가 있다. 체크무늬 담요 벽에는 여기 있는 누구에게도 필요 없을 것 같은 아프리카 지도, 방수포로 덮인 커다란 소파, 왼쪽에는 침실로 통하는 문, 오른쪽에는 현관으로 통하는 문, 오른쪽 문 앞에는 농부들이 더럽히지 못하도록 깔개가 깔려 있다. 가을 저녁. 깊은 정적이 감돈다.

텔레긴과 마리나는 서로 마주 보고 앉아서 양말 짜는 털실을 감고 있다.

텔레긴 마리나, 서둘러요. 곧 작별인사를 하러 오라고 할 테니. 벌써 마차를 준비하라고 지시가 내려졌다니까.

마리나 (빨리 감으려고 애쓰면서) 조금 피곤하네요.

텔레긴 하리코프로 가신다는군. 거기서 사신대.

마리나 그게 더 나아요.

텔레긴 두 분 다 많이 놀라셨나 봐. 엘레나는 "한시도 이곳에 있기가 싫어요! 가요, 가자고요⋯⋯. 하리코프에서 좀 살다가 형편 봐서 그때 짐을 찾으러 사람을 보내요."라고 말했다네. 짐도 없이 떠나는 거지. 그러니까 그분들은 여기서 살 팔자가 아닌 거야. 이것도 다 타고난 운명이겠지.

마리나 그게 낫죠. 조금 전에 일어난 그 소동을 보셨잖아요. 권총을 쏘아 대고⋯⋯ 정말 창피해요!

텔레긴 가관이었지. 아이바조프스키(19세기 러시아의 화가_옮긴이)에게 그리라고 했더라면 멋진 그림이 되었을 거야.

마리나 두 번 다시 그런 꼴은 보기 싫어요. (사이.) 이제 다시 예전처럼 살게 됐네요. 아침 8시 전에 차를 마시고, 12시 지나서 점심을 먹고, 저녁에는 식탁에 앉아 저녁을 먹을 거고. 모든 게 원래대로 돌아갈 거예요. 올바른 그리스도인의 생활로요. (한숨을 쉬면서) 국수를 먹어본 게 언제였는지 기억도 안 나요.

텔레긴 그러게 말이야, 이 집안에서 국수 구경을 못 해 본 지가 수십 년은 된 것 같아. (사이.) 뭐, 좀 부풀리자면 그렇다는 말이지. 마리나, 오늘 아침에 마을에 갔는데, 구멍가게 주인이 등 뒤에서 "어이, 식객 양반!" 그러는 거야. 기분이 쏩쓸하더군!

마리나 남들이 뭐라 하건 상관하지 말아요. 우리 모두가 하느님의 식객이니까요. 당신도, 소냐도, 바냐도 말이죠. 일하지 않고 앉아 있는 사람은 아무도 없어요. 모두 일하고 있어요! 모두가……. 소냐는 어디 있죠?

텔레긴 정원에 있네. 의사와 함께 바냐를 찾고 있어. 자살이나 하지 않을까 걱정되는가 보지.

마리나 권총은 어디에 있어요?

텔레긴 (속삭이는 목소리로) 내가 지하실에 숨겨 놓았지!

마리나 (냉소적으로) 정말 죄악이에요!

바냐와 아스트로프가 들어온다.

바냐 날 내버려 둬. (마리나와 텔레긴에게) 여기서 나가. 한 시간만이라도 날 혼자 있게 해 달라고! 남의 뒤만 쫓아다니니 견딜 수가 있어야지.

텔레긴 알았네, 바냐. (살금살금 나간다.)

마리나 거위가 우네. 꽥, 꽥, 꽥! (털실을 챙겨 나간다.)

바냐 날 내버려 둬!

아스트로프 정말이지 그러고 싶네. 난 오래전에 여기를 떠나야 했어. 다시 말하지만, 자네가 훔쳐 간 걸 돌려줄 때까지는 떠나지 않겠네.

바냐 자네한테서 아무것도 가져오지 않았어.

아스트로프 진지하게 말하는데, 시간 끌지 말게. 난 이미 오래전에 떠나야 했다니까.

바냐 난 아무것도 훔친 게 없다니까.

두 사람은 앉는다.

아스트로프 그래? 그렇다면, 조금 더 기다릴 수밖에. 그러나 그 뒤엔 미안하지만 완력을 쓸 수밖에 없어. 자넬 묶어 놓고 샅샅이 찾을 걸세. 농담이 아니야.

바냐 마음대로 해. (사이.) 그렇게 바보짓을 하다니, 두 번을 쏘고도 한 번도 맞추지 못했으니! 나 자신을 용서할 수가 없어.

아스트로프 그렇게 쏘고 싶으면 자네 이마에다 쏴.

바냐 (어깨를 움츠리며) 이상해. 살인미수인데도 체포하지도 않고, 재판에 넘기지도 않다니 말이야. 날 미친놈으로 생각하는가 보군. (악의적인 웃음) 그래, 나는 미친놈이고, 교수라는 가면 아래 자신의 어리석음과 무정함을 숨기고 있는 인간은 제정신이란 말이지. 모두가 보는 데서 늙은 남편을 속이는 여자는 제정신이라는 거야. 난 봤어, 봤다니까. 자네가 그 여자를 껴안고 있는걸!

아스트로프 그래, 껴안았네. 그래서 자넨 이렇게 됐지. (채였다는 시늉으로 그의 코를 누른다.)

바냐 (문을 바라보면서) 아니, 이런 우리를 품어 주는 저 대지야말로 진짜로 미친 거지.

아스트로프 그런 바보 같은 소리 마.

바냐 그래, 난 미친놈이라 책임질 일도 없으니 바보 같은 소리를 지껄여도 괜찮아.

아스트로프 웃기는 소리 말게. 자넨 미친 게 아니라, 그저 우스꽝스
러운 바보일 뿐이야. 난 바보는 지각없는 인간이라고 생각해 왔지.
그런데 그건 보통 사람들의 일반적인 특성이더라고. 그러니 자넨
아주 정상인 거야.

바냐 (두 손으로 얼굴을 감싼다.) 아아, 내가 지금 얼마나 수치스러운
지 자넨 모를 거야! 가슴을 후벼 파는 것처럼 고통스러워. (괴로워
하면서) 부끄러워 견딜 수가 없어! (탁자 쪽으로 몸을 숙인다.) 무엇
을 해야 하지? 뭘 해야 하냐고?

아스트로프 아무것도 할 게 없어.

바냐 뭐라고 얘기 좀 해 보게. 오! 맙소사……. 난 마흔일곱 살이야.
예순 살까지 산다고 하면 아직도 십삼 년이나 남았어. 긴 세월이
야. 십삼 년을 어떻게 살아가지? 무엇을 하고, 무엇으로 채울 거냐
고? 오, 이보게……. (경련하듯 아스트로프의 손을 잡는다.) 만일 여생
을 어떻게든 새롭게 살 수 있다면, 맑고 고요한 아침에 잠에서 깨
어났을 때, 과거는 연기처럼 사라지고 새로운 삶이 시작된 것을 느
낄 수 있다면. (운다.) 새로운 삶을 시작할 수 있다면…… 어떻게 시
작해야 하는지 가르쳐 주게.

아스트로프 (짜증을 내면서) 에이, 이런 못난 사람 같으니라고! 새로
운 삶이 다 뭐야! 자네나 나는 이젠 희망이라곤 없어.

바냐 정말 그런가?

아스트로프 확실해.

바냐 어떻게든 좀 해 주게……. (가슴을 가리킨다.) 여기가 타는 것
같아.

아스트로프 (화를 내며 소리친다.) 그런 소리 집어치우게! (누그러지면서) 우리보다 백 년이나 이백 년 뒤에 살 사람들은, 우리가 그토록 어리석고 무미건조하게 살았다는 이유로 우리를 경멸하게 될 사람들은 필시 행복해질 방법을 찾을지도 모르지만, 우리는…… 나와 자네한테는 딱 한 가지 희망밖엔 없어. 우리가 관 속에 누워 있을 때, 유쾌한 환상이 찾아와 우리를 위로해 주리라는 희망 말일세. (한숨을 쉬고서) 그래, 이 사람아, 이 고장을 통틀어서 성실하고 지적인 인간은 자네와 나, 단 둘뿐이었어. 그런데 십여 년 동안의 비참하고 속된 생활이 우리를 삼켜 버린 거야. 그 썩은 기운이 우리의 피를 오염시켰고, 그래서 우리는 다른 사람들처럼 속물이 되어 버린 거라고. (다시 힘을 내서) 어쨌거나, 다른 얘기로 내 관심을 돌리려 하지 말게. 내게서 가져간 걸 내놓게.

바냐 난 아무것도 가져가지 않았다니까.

아스트로프 약상자에서 모르핀 병을 가져갔잖아. (사이.) 이봐, 만일 어떻게 해서라도 자살하고 싶다면, 숲으로 가서 자네 머리에 총을 대고 방아쇠를 당기면 되는 거야. 제발 그 모르핀은 내게 돌려주게. 안 그러면 내가 그걸 자네한테 준 것처럼 온갖 소문이 생겨날 거야. 자네가 죽으면 내가 자네의 몸을 부검하게 될 걸세. 난 그것만으로도 충분해……. 이게 재미있다고 생각하나?

소녀가 들어온다.

바냐 날 혼자 있게 내버려 둬!

아스트로프 (소냐에게) 소냐, 네 삼촌이 약상자에서 모르핀 병을 훔쳐 가서 돌려주지 않는구나. 네가 얘기를 좀 해 보거라, 이건…… 결코 현명한 행동이 아니라고 말이다. 시간이 없어. 난 곧 가 봐야 해.

소냐 바냐 삼촌, 모르핀을 가져가셨어요? (사이.)

아스트로프 분명히 저 친구가 가져갔어.

소냐 돌려주세요. 사람 놀라게 하는 게 좋으세요? (부드럽게) 돌려주세요, 삼촌! 어쩌면 제가 삼촌보다 더 불행할지도 몰라요. 하지만 저는 절망하지 않아요. 저는 참고 있고, 제 목숨이 스스로 다하는 그때까지 참을 거예요……. 삼촌도 참으세요. (사이.) 돌려주세요! (그의 손에 키스한다.) 삼촌은 착하고 훌륭하신 분이세요. 삼촌, 돌려주세요! (운다.) 삼촌은 착하시니까 우릴 가엾게 여기시고 돌려주세요. 참으셔야 해요, 제발, 참으세요!

바냐 (탁자 서랍에서 병을 꺼내 아스트로프에게 넘겨준다.) 자, 받게 (소냐에게) 서둘러 일을 해야겠다. 서둘러서 뭔가 해야겠어. 안 그러면 견딜 수 없어……. 견딜 수 없다고…….

소냐 네, 네, 알았어요. 일을 해요. 식구들을 보내고 나면 바로 일을 시작해요……. (탁자 위에 있는 서류를 신경질적으로 넘기면서 살핀다.) 집안 꼴이 엉망이에요.

아스트로프 (병을 약상자에 넣고 가죽 끈을 맨다.) 이제 떠날 수 있겠군.

엘레나가 들어온다.

엘레나 바냐, 여기 계세요? 이제 우린 떠나요……. 알렉산드르에게

가 보세요. 그이가 당신께 하고 싶은 말이 있대요.

소냐 가 보세요, 바냐 삼촌. (바냐의 손을 잡는다.) 같이 가요. 아버지

와 삼촌은 화해하셔야 해요. 꼭 그렇게 하셔야 해요.

소냐와 바냐가 나간다.

엘레나 전 떠나요. (아스트로프에게 손을 내민다.) 안녕히 계세요.

아스트로프 벌써 가십니까?

엘레나 마차 준비가 다 됐어요.

아스트로프 안녕히 가세요.

엘레나 당신도 오늘 이곳을 떠나시겠다고 약속하셨지요.

아스트로프 알고 있습니다. 곧 떠날 겁니다. (사이.) 나 때문에 놀랐나

요? (그녀의 손을 잡으며) 그게 그렇게도 끔찍했어요?

엘레나 네.

아스트로프 떠나지 않으면 안 됩니까? 네? 내일 숲에서…….

엘레나 안 돼요……. 이미 결정했어요. 출발이 결정되었으니까, 이

렇게 용기를 내어 당신을 볼 수 있는 거예요……. 한 가지만 부탁

드릴게요. 저에 대해 너무 나쁘게 생각지 말아 주세요. 저는 당신

의 존경을 받고 싶어요.

아스트로프 아, (초조한 몸짓으로) 제발 떠나지 말아요, 부탁입니다.

이 세상에 당신이 할 일은 없습니다. 당신에겐 인생의 목적도, 관

심을 기울일 만한 대상도 없어요. 그러니 머지않아 당신은 그때그

때의 기분에 따라 사고하고 행동하게 될 겁니다. 그렇게 될 수밖에 없어요. 그럴 거라면 하리코프나 쿠르스크에 있을 때보다 이곳 자연의 품속에 있는 것이 더 나아요. 적어도 자연은 시적이고 아름다우니까요. 이곳엔 숲도 있고, 투르게네프의 작품에 나오는 반쯤 허물어진 옛집도 있어요.

엘레나 당신은 정말로 재미있는 분이에요……. 당신에게 화가 나 있긴 하지만, 그래도…… 당신을 그리워할 겁니다. 당신은 재미있고 독특한 사람이에요. 우린 더 이상 만나지 못할 테니까……. 왜 숨기겠어요? 저도 얼마간 당신한테 끌렸답니다. 자, 우리 서로 악수하고 친구로 헤어지기로 해요. 안 좋았던 일은 모두 잊고요.

아스트로프 (악수한다.) 그래요, 떠나십시오……. (생각에 잠겨서) 당신은 솔직하고 친절한 사람이지만 어딘가 불안정하고 기묘한 면이 있어요. 늘 바쁘고 활기차게 일하던 사람들이 당신과 당신의 남편이 이곳에 온 다음부터는 일을 내팽개치고 여름 내내 당신과 당신 남편의 통풍에만 매달렸어요. 당신 부부는 우리에게 게으름을 전염시켰지요. 내가 정신이 나가 아무것도 하지 않은 한 달 동안, 병자가 속출하고 농부들은 내 숲과 어린 묘목이 자라는 곳에 소들을 풀어놓았어요. 어디를 가든, 당신 부부는 그곳에 어김없이 파괴를 가져올 겁니다. 물론 농담으로 하는 얘깁니다만, 당신 부부가 이곳에 계속 머물게 된다면 마을은 돌이킬 수 없을 만큼 황폐해질 거라고 확신합니다. 근거 없는 확신이지요. 나도 파멸할 테지만, 당신도 그것을 피하지 못할 겁니다. 그러니 떠나세요. Finita la comedia!(라틴어로 '연극은 끝났소!'라는 뜻_옮긴이)

엘레나 (그의 탁자에서 연필을 집어 들더니 재빨리 감춘다.) 이 연필은 기념으로 제가 가져가겠어요.

아스트로프 사는 건 참 이상하지요. 이렇게 우리가 만나고, 또 이렇게 갑자기 영원히 이별해야 한다니. 세상 모든 일이 그렇겠죠……. 여기 아무도 없을 때, 바냐가 꽃다발을 가지고 들어오기 전에, 당신에게 키스하게 해 주십시오…… 작별인사로……. (그녀의 뺨에 키스한다.) 자, 이젠 됐습니다.

엘레나 모든 일이 잘 되기를 빌어요. 안녕히 계세요. (주위를 둘러본다.) 아무려면 어때, 내 인생에 단 한 번일 뿐이야! (갑작스럽게 그에게 키스한다. 두 사람은 재빨리 떨어진다.) 가야겠어요.

아스트로프 서둘러 가세요, 말이 준비되었으면 나도 떠나야지요.

엘레나 사람들이 이리로 오는 것 같아요.

두 사람이 귀를 기울인다.

아스트로프 끝났도다!

세레브랴코프, 바냐, 책을 든 마리야, 텔레긴과 소냐가 들어온다.

세레브랴코프 (바냐에게) 지난 일에 얽매여 꽁해 있는 건 부끄러운 일이지. 그 일이 일어난 몇 시간 동안 나는 너무나 많은 것을 겪었고, 그래서 생각하고 또 생각했다네. 그랬더니 어떻게 살아야 할 것인지 후손들에게 교훈이 될 만한 완전한 논문을 쓸 수 있겠다는 생각

이 들더군. 기꺼이 자네의 사과를 받아들이고, 나 또한 용서를 비
네. 잘 있게! (바냐와 세 번 키스한다.)

엘레나가 소냐를 껴안는다.

세레브랴코프 (마리야 바실리예브나의 손에 키스한다.) 장모님!
마리야 (그에게 키스하면서) 알렉산드르, 사진을 한 장 찍어서 보내
주게. 자네가 내게 얼마나 소중한 사람인지 알거라 믿네.
텔레긴 안녕히 가십시오, 교수님! 저희를 잊지 마십시오!
세레브랴코프 (딸에게 키스하고 나서) 잘 있어라……. 모두들 안녕히
계십시오. (아스트로프에게 손을 내밀면서) 함께해 줘서 정말 고마웠
네. 선생의 사고방식과 관심사, 그리고 그 열정을 높게 평가하는
바일세. 작별인사로 이 늙은이가 한마디만 하겠네. 여러분, 일을
하시오! 부지런히 몸을 놀리시오! (모두에게 인사한다.) 그럼 안녕
히……. (나간다. 마리야와 소냐가 그의 뒤를 따른다.)
바냐 (엘레나의 손에 힘차게 키스한다.) 잘 가오……. 날 용서해 줘…….
다시는 만나지 못하겠군.
엘레나 (감동해서) 안녕히 계세요. (그의 머리에 키스하고 나간다.)
아스트로프 (텔레긴에게) 이봐, 와플. 내 마차도 내어 달라고 어서 말
해 주게.
텔레긴 알았네. (나간다.)

아스트로프와 바냐만 남는다.

아스트로프 (탁자에서 물감을 정리해서 가방에 넣는다.) 자넨 왜 배웅하
러 가지 않나?

바냐 이대로 떠나보내는 게 좋아. 난…… 난 그들을 볼 수가 없네.
괴로워. 무슨 일이든 서둘러서 해야만 해…… 일해야지, 일을 해야
해! (탁자 위의 서류를 뒤적거린다. 사이.)

마차 방울 소리가 들린다.

아스트로프 떠났군. 교수는 마음이 후련할 테지! 이곳에 다시는 오
고 싶지 않겠지.

마리나가 들어온다.

마리나 가셨어요. (소파에 앉아서 양말을 뜬다.)

소냐가 들어온다.

소냐 가셨어요. (눈물을 닦으면서) 하느님의 은총이 함께하시기를.
(삼촌에게) 자, 바냐 삼촌, 무슨 일이건 시작해요.

바냐 일을 해야지, 일을…….

소냐 함께 이 탁자 앞에 앉는 것도 참 오랜만이네요. (탁자 위 램프
에 불을 붙인다.) 잉크가 없는 것 같아요……. (잉크병을 들고 찬장으
로 걸어가서 잉크를 따른다.) 떠나는 모습을 지켜보는 건 너무나 슬

퍼요.

마리야가 천천히 들어온다.

마리야 다들 떠났네. (앉아서 독서에 몰두한다.)

소냐 (탁자에 앉아서 장부를 넘긴다.) 바냐 삼촌, 장부부터 정리해야
겠어요. 그동안 일이 얼마나 밀렸는지 몰라요. 회계 때문에 오늘
도 사람을 보냈더라고요 삼촌은 이쪽을 쓰세요, 제가 저쪽을 쓸
테니…….

바냐 (쓴다.) 어디 보자, '거래인 이름…….' (소냐와 함께 말없이 장부
를 기록한다.)

마리나 (하품을 한다.) 잠귀신이 오는가 보다.

아스트로프 고요하군. 펜이 사각거리는 소리와 귀뚜라미 소리밖에
들리지 않아. 따뜻하고 아늑해……. 여길 떠나고 싶지 않아.

마차 방울 소리가 들린다.

아스트로프 마차가 준비되었나 보군……. 자, 이제 남은 일은 여러
분과 내 책상과 작별하는 일이군요. 가야겠어요! (도면을 종이끼우
개 속에 넣는다.)

마리나 서두를 게 뭐 있어요. 좀 더 있다 가세요.

아스트로프 그럴 수가 없군.

바냐 (쓴다.) "이전의 부채가 2루블 75코페이카 남았고……."

일꾼 선생님, 마차가 준비됐습니다.

아스트로프 알았네. (그에게 약상자, 가방 그리고 도면을 넘겨준다.) 자, 이걸 가지고 가게. 도면은 구기지 않도록 조심하고.

일꾼 알겠습니다. (나간다.)

소냐 언제 다시 볼 수 있을까요?

아스트로프 여름 전에는 힘들 게다. 아마 올겨울엔 못 볼 거야. 그래도 무슨 일 있으면 언제든 연락 다오. (모두와 악수를 나눈다.) 모두들, 고마웠어. (유모에게 가서 그녀의 머리에 키스한다.) 잘 있어요, 유모.

마리나 차도 안 마시고 떠나시겠어요?

아스트로프 생각이 없네요, 유모.

마리나 그럼, 보드카는 드실 테죠?

아스트로프 (머뭇거리면서) 음, 그럴까요…….

마리나가 나간다.

아스트로프 (잠시 사이를 두고) 말이 다리를 절뚝거리더군. 어제 페트루쉬카가 물을 먹이러 데리고 갈 때 알았어.

바냐 편자를 갈아야겠군.

아스트로프 가는 길에 대장간에 들러야겠어. 할 수 없지. (아프리카 지도 쪽으로 다가가더니 들여다본다.) 지금 아프리카는 찌는 듯이 덥겠지?

바냐 그래, 그럴 테지.

마리나 (보드카 잔과 빵 조각이 담긴 쟁반을 들고 돌아온다.) 드세요. (아스트로프가 보드카를 마신다.) 건강하시길 빌어요. (공손하게 절한다.) 빵도 좀 드세요.

아스트로프 아니, 빵은 됐어요. 그럼…… 잘 있어요. (마리나에게) 나올 필요 없어요, 유모.

아스트로프 퇴장. 소냐가 배웅하러 양초를 들고 그의 뒤를 따른다. 마리나는 소파에 앉는다.

바냐 (쓴다.) "2월 2일 버터 20파운드…… 2월 16일 다시 버터 20파운드…… 메밀가루……." (사이.)

마차 방울 소리가 들린다.

마리나 가셨어요. (사이.)

소냐 (돌아와서 촛불을 탁자 위에 세워 놓는다.) 가셨어요…….

바냐 (주판으로 계산해서 기록한다.) 합계는…… 15…… 25…….

소냐가 앉아서 쓴다.

마리나 (하품한다.) 주여, 불쌍히 여기소서.

텔레긴이 살금살금 들어와서 문가에 앉아 조용히 기타 줄을 맞춘다.

바냐 (소녀의 머리를 쓰다듬으면서) 얘야, 난 너무나 괴로워. 내 마음이 얼마나 비참한지 넌 모를게다.

소냐 하지만 어쩌겠어요, 살아야죠! (사이.) 삼촌, 우린 살아야 해요. 길고도 긴 낮과 밤을 끝까지 살아가요. 운명이 우리에게 보내 주는 시련을 꾹 참아 나가는 거예요. 우리, 남들을 위해 쉬지 않고 일하기로 해요. 앞으로도, 늙어서도 그러다가 우리의 마지막 순간이 오면 우리의 죽음을 겸허히 받아들여요. 그리고 무덤 너머 저세상으로 가서 말하기로 해요. 우리의 삶이 얼마나 괴로웠는지, 우리가 얼마나 울었고 슬퍼했는지 말이에요. 그러면 하느님은 우리를 불쌍히 여겨 주실 테죠. 아, 그날이 오면, 사랑하는 삼촌, 우리는 밝고 아름다운 세상을 보게 될 거예요. 기쁜 마음으로, 이 세상에서 겪었던 우리의 슬픔을 돌아보며 따스한 미소를 짓게 될 거예요. 그리고 마침내 우린 쉴 수 있을 거예요. 나는 믿어요, 간절하게 정말 간절하게. (그의 앞에 무릎을 꿇고, 머리를 그의 두 손에 얹고는 지친 목소리로) 그곳에서 우린 쉴 수 있어요. (텔레긴이 나직하게 기타를 연주한다.) 평화롭게 쉴 수 있을 거예요. 천사들의 날갯짓 소리를 들으며, 보석처럼 반짝이는 천상의 세계를 바라보면서요. 모든 악과 고통은 온 세상을 감싸는 위대한 자비의 빛 속으로 가라앉게 될 거예요. 그날은 평화롭고 순수하고 따스할 거예요. 난 믿어요, 굳게 믿어요. (눈물을 닦는다.) 불쌍한 바냐 삼촌, 울고 계시군요. (흐느긴다.) 삼촌은 평생 행복이 뭔지 모르고 살아오셨죠. 하지만 기다려요, 바냐 삼촌, 기다려야 해요. 우리는 쉴 수 있을 거예요. (그를 껴안는다.) 쉴 수 있어요.

야경꾼의 딱따기 소리가 들린다.

텔레긴이 나직하게 기타를 연주한다. 마리야는 소책자 여백에 무언가를 적고 있다. 마리나는 양말을 뜨고 있다.

소냐   쉴 수 있어요.

-막-

세 자매

| 등장인물 |　안드레이 세르게예비치 프로조로프　프로조로프 집안의 장남

나탈리야 이바노브나(나타샤)　안드레이의 약혼녀, 이후 아내

올가　프로조로프 집안의 장녀(세 자매)

마샤　프로조로프 집안의 차녀(세 자매)

이리나　프로조로프 집안의 막내(세 자매)

표도르 일리치 쿨르이긴　중학교 교사, 마샤의 남편

알렉산드르 이그나치예비치 베르쉬닌　육군 중령, 포병 대대장

니콜라이 리보비치 투젠바흐　남작, 육군 중위

바실리 바실리예비치 솔료느이　육군 이등 대위

이반 로마노비치 체부트이킨　군의관

알렉세이 페트로비치 페도티크　육군 소위

블라디미르 카를로비치 로데　육군 소위

페라폰트　지방자치회 수위, 노인

안피사　유모, 여든 살 노파

장소는 현청 소재지 어느 마을이다.

1막

프로조로프 가문의 집. 둥근 기둥이 있는 응접실. 기둥 안쪽에는 큰 홀이 보인다. 한낮. 밖에는 햇빛이 밝게 비치고 있고, 홀에서는 점심 식사 준비가 한창이다. 여학교 교사용 푸른 제복을 입은 올가가 걸었다 섰다를 반복하면서 학생들의 공책을 고치고 있다. 검은 옷을 입은 마샤는 무릎 위에 모자를 올려놓고 책을 읽고 있다. 하얀 옷의 이리나는 생각에 잠겨 서 있다.

올가 이리나, 아버지는 말이야. 정확히 일 년 전 바로 오늘 5월 5일, 너의 생일에 돌아가셨지. 그날은 몹시 춥고 눈도 내렸어. 난 더 이상 못 살 것만 같은 생각이 들었고, 넌 죽은 사람마냥 넋을 놓고 누워만 있었지. 그런데 일 년이 지나고 보니, 이젠 그때 일을 차분히 떠올릴 수 있게 됐어. 이제는 너도 하얀 옷을 입고, 표정도 밝아졌구나……. (시계가 12시를 알린다.) 맞아. 그때도 이렇게 시계가 울렸지. (사이.) 아버지의 관이 묘지로 갈 때까지 음악을 연주하고 조포(弔砲)를 쏘던 게 기억나. 아버지는 여단을 이끄는 장군이셨지만, 왠지 조문객은 많지 않았어. 아마 비가 와서 그랬을 거야. 지독한 진눈깨비가 내렸잖아.

이리나 뭐하러 그때 일을 다시 떠올리고 그래.

둥근 기둥 너머에 있는 홀 테이블 근처로 투젠바흐 남작, 체부트이킨 그리고 솔료느이가 나타난다.

올가 아직 자작나무의 잎이 나지도 않았지만 오늘은 날씨가 따뜻해서 창문을 열어 놓아도 될 것 같아. 아버지가 여단장이 되시고 우리를 모스크바에서 이곳으로 데리고 오신 게 벌써 십일 년 전이야. 난 아직도 그 시절의 모스크바를 똑똑히 기억하고 있어. 5월 초순이었는데, 그때 모스크바는 온통 꽃이 활짝 피어 있고 따뜻하고 눈부신 햇살로 가득했어. 이미 십일 년이나 지났지만 마치 어제 그곳을 떠나 온 것처럼 모든 것이 생생해. 아, 오늘 아침에 눈을 뜨니 방 안까지 햇살이 눈부셨어. 봄이 오니 가슴도 뛰고 모스크바에 다시 돌아가고 싶어.

체부트이킨 쓸데없는 소리.

투젠바흐 말도 안 되는 얘기죠.

책을 보며 생각에 잠긴 마샤가 나직하게 휘파람으로 노래를 부른다.

올가 마샤, 휘파람 좀 불지 마렴. 아가씨답지 않구나. (사이.) 매일 학
교에서 저녁 늦게까지 수업해서인지 머리가 지끈거리고 벌써 할
머니가 된 기분이야. 여학교에서 사 년 동안 근무하려니 기운도 딸
리고 하루하루 늙어 가고 있어. 젊음도 점점 사라져 버리는 것 같
아. 그냥 딱 한 가지만 간절히 바랄 뿐이야 ……

이리나 모스크바로 가야 해. 이 집을 팔고 여기 모든 것을 정리하고
우린 모스크바로 가야 해……

올가 그래! 어서, 하루라도 빨리 모스크바로 가면 얼마나 좋을까!

체부트이킨과 투젠바흐가 웃는다.

이리나 안드레이 오빠는 교수가 될 몸이니 이유가 어찌되건 간에 여
기서 살진 않을 거야. 불쌍한 우리 마샤 언니만 여기 남겠군.

올가 마샤는 여름마다 모스크바로 와서 지내면 될 거야.

마샤가 조용히 휘파람으로 노래를 부른다.

이리나 걱정하지 마, 모두 잘 될 거야. (창밖을 보면서) 날씨가 정말
좋구나. 오늘은 훨훨 날아갈 것처럼 기분이 가벼운걸! 오늘 아침에
눈을 뜨자마자, 내 생일이라는 게 문득 생각나더라고. 기쁨이 북받
쳐 오르고, 갑자기 어머니가 살아 계셨던 내 어린 시절도 떠오르는

거야. 정말 온갖 아름다운 생각들로 가슴이 벅차올랐어!

올가 그래, 넌 오늘따라 반짝반짝 빛나고 평소보다 더 예뻐 보이는 구나. 마샤도 예쁘고 말이야. 안드레이 오빠는 멋지지만 살이 너무 쪄서 문제야. 난 나이가 먹을수록 점점 말라 가고 있어. 이게 다 속 썩이는 여학생들 때문이야. 그래도 오늘은 쉬는 날이고, 집에 있어 서 그런지 머리도 안 아파. 어제보다 더 젊어진 것 같기도 해. 어쨌 든 난 아직 스물여덟이니까……. 걱정할 건 없어, 모든 건 하느님 뜻이니. 그렇지만 시집가서 집에서 살림만 하며 사는 것도 나쁘지 않을 것 같아. (사이.) 난 남편에게 잘할 거야.

투젠바흐 (솔료느이에게) 그 쓸데없는 얘기만 계속할 건가? (응접실로 들어오면서) 깜박했네. 새로 부임한 포병 대대장 베르쉬닌 중령이 오늘 집에 방문하실 예정이야. (피아노 옆에 앉는다.)

올가 어머, 그래요? 잘됐네요.

이리나 그분 나이가 많나요?

투젠바흐 아니, 많지는 않아. 마흔이나 많아야 마흔다섯 정도 될걸. (조용히 피아노를 친다.) 인상이 참 좋은 분이야. 모자란 사람이 아닌 건 분명한데, 말이 좀 많은 편이야.

이리나 재미있는 분인가요?

투젠바흐 응. 근데 부인도 둘, 장모도 둘 그리고 딸도 둘이야. 재혼했 지. 자기는 아내와 딸이 둘씩 있다고 말하고 다니더라고. 아마 여기 서도 똑같이 말하겠지. 그 사람 부인은 살짝 미친 사람 같기도 해. 아직도 처녀처럼 머리를 길게 땋았고, 이상한 어투로 이것저것 철 학적인 말들을 늘어놓곤 하지. 그 부인은 여러 번 자살 소동을 일으키기도 했다는데, 일부러 남편보고 괴로우라고 그러는 게 아닐까 싶어. 나라면 당장 헤어졌을 텐데, 그 양반은 그저 꾹꾹 참고 지내며 신세한탄만 한다는군.

솔료느이 (체부트이킨과 함께 홀에서 응접실로 들어오면서) 나는 한 손으로 30킬로그램밖에 들지 못하지만, 두 손으로는 100킬로그램까지 들 수 있어. 그러니까 두 사람의 힘은 한 사람보다 두 배가 아니라, 세 배나 강하다는 말이야.

체부트이킨 (걸으면서 신문을 읽는다.) 탈모가 시작될 때는…… 나프탈렌 2온스를 알코올 반병에…… 녹여서 매일 바를 것……. (수첩에 적는다.) 적어 둬야겠어! 아냐, 됐어. (줄을 죽죽 그어 지운다.) 이게 다 무슨 소용이람.

이리나 이반, 이반 로마노비치!

체부트이킨 왜? 무슨 일이지, 이리나?

이리나 뭐라고 말 좀 해 주세요. 오늘따라 왠지 행복함이 자꾸 느껴져요. 마치 배를 타고 저 넓고 푸른 하늘에 둥둥 떠 있는 것만 같아요. 머리 위로는 크고 하얀 새들이 훨훨 날아다니고요. 이게 무슨 일일까요? 내가 왜 이러는 거죠?

체부트이킨 (그녀의 두 손에 키스하면서 부드럽게) 나의 사랑스런 하얀 새여…….

이리나 오늘 아침에 일어나서 세수를 하는데 갑자기 세상 모든 것이 또렷해지는 느낌이 들면서 앞으로 어떻게 살아야 하는지 깨달았어요. 이반 로마노비치, 이제 난 알겠어요. 사람은 땀 흘리며 일해야 해요. 인생의 의미와 목적, 행복과 환희는 모두 일하는 사람의 몫인 것 같아요. 해가 뜨기 전에 일어나 길의 돌을 깨는 인부가 되거나, 목동이 되거나, 아이들을 가르치는 선생님이나 철도 기관사가 될 수 있다면 얼마나 좋을까요. 12시가 돼서야 일어나 침대에서 커피를 마시고, 두 시간 동안이나 그날 입을 옷을 고르는 데 허비하는 젊은 여자가 되느니, 그저 묵묵히 일하는 소나 말이 되는 게 더 낫겠어요. 아, 일하지 않는 인생은 정말 생각만 해도 끔찍해요! 나는 사막에서 물을 찾는 사람처럼 일하는 인생을 갈망하고 있어요. 이반 로마노비치, 만약 내가 일찍 일어나지도 않고, 아무 일도 하지 않는 사람이 되면 그때는 그냥 날 친구라 생각지 마세요.

체부트이킨   (부드럽게) 그래, 알겠다…….

올가   아버지는 우리가 7시에 일어나도록 가르치셨어요. 요즘 이리나는 7시에 눈을 뜨긴 해도 9시까지는 침대에 누워서 뒹굴거려요. 심각한 얼굴로 이런저런 생각을 골똘히 하면서요. (웃는다.)

이리나   언니는 항상 날 어린애로만 여기니까 내가 진지하게 있을 때도 이상하게 보는 거야. 나도 이제 스무 살이란 말이야!

투젠바흐   일하고 싶은 간절함이라……. 나도 잘 알지! 난 지금까지 살면서 일을 해 본 적이 없거든. 나는 춥고 인적이 드문 페테르부르크에서, 노동이나 근심 걱정 같은 것과 전혀 관련 없는 집안에서 태어났어. 군사학교에 갔다가 집으로 돌아오면, 하인이 장화를 벗겨 주었어. 어머니는 대책 없는 개구쟁이였던 나를 늘 믿음 가득한 눈빛으로 바라보셨어. 어머니는 왜 다른 사람들이 나에 대해서 자기처럼 생각하지 않는지 의아해하셨지. 사람들은 내가 아무 일도 하지 않도록 배려했지만 그들의 노력이 완벽히 성공하지는 않은 것 같아. 시대가 변했고, 구시대적인 것을 단번에 날릴 폭풍우가 벌써 우리 코앞으로 다가왔어. 그것은 곧 우리 사회에 퍼져 있는 노동에 대한 잘못된 편견과 썩어 빠진 권태를 휩쓸어 버릴 거야. 난 일을 하고 싶어. 아마 이십오 년에서 삼십 년쯤 뒤에는 모든 사람이 일하는 세상으로 변해 있을 거야. 모두가 일을 할 거야.

체부트이킨 난 일하고 싶지 않은데.

투젠바흐 당신은 예외요.

솔료느이 이십오 년 뒤에는 당신은 이미 이 세상 사람이 아닐 텐데. 이삼 년 안에 저 세상으로 갈 테니까. 아니면 내가 화를 참지 못하고 당신 이마에 총알을 박아 버릴 수도 있지. (주머니에서 향수병을 꺼내서 자기 가슴과 두 손에 뿌린다.)

체부트이킨 (소리 내어 웃는다.) 사실 난 지금까지 아무 일도 해 보지 않았어. 대학을 졸업하고 손가락 하나 까딱하지 않았거든. 신문이나 좀 읽었지 책 한 권 제대로 읽은 적 없어. (주머니에서 다른 신문을 꺼낸다.) 그래서 세상일은 신문을 보고 알지. 예컨대 도브롤류보프(19세기 러시아 문학 비평가_옮긴이)가 어떤 사람인지는 알지만, 그 사람이 뭘 썼는지는 몰라. 그런 건 뭐…… 하느님이 아시겠지. (아래층에서 마룻바닥이 쿵쿵 울리는 소리가 들린다.) 아래층에 누가 날 찾으러 온 것 같군. 곧 돌아오겠네. 잠시 기다리게. (수염을 쓰다듬으며 서둘러 나간다.)

이리나 뭔가 꿍꿍이가 있군요.

투젠바흐 그러게 말이야. 표정이 자못 진지한 걸 보니, 너한테 줄 선물이라도 준비했나 보군그래.

이리나 어휴, 귀찮아 죽겠네.

올가 그러게, 늘 유치한 행동만 하신다니까.

마샤 "푸른 떡갈나무 한 그루 바닷가에 서 있네.

　황금빛 사슬 떡갈나무에 메어져……

　황금빛 사슬 떡갈나무에 메어져……."

　(일어서서 부드럽게 노래를 흥얼거린다.)

올가 마샤, 기분이 안 좋아 보이는구나. (마샤가 노래를 흥얼거리며 모자를 쓴다.) 어디 가려는 거니?

마샤 집에.

이리나 뭐? 무슨 소리야?

투젠바흐 생일 축하 파티도 안 하고 집에 가려고?

마샤 걱정 마요. 저녁에 다시 올게요. 안녕, 일리나. (이리나에게 키스한다.) 아무쪼록 건강하고 행복해야 해. 아버지께서 살아 계셨을 때는 내 생일만 되면 우리 집에 삼사십 명이나 되는 장교들이 몰려와 시끌벅적했는데, 오늘은 사람이 별로 없어서 썰렁하네. 사막 한가운데 있는 것 같아. 난 갈래……. 오늘따라 괜히 짜증이 나고 우울하네. 그렇다고 괜히 내가 한 말에 너무 신경 쓰지 말고. (눈물을 글썽이는 눈으로 웃으며) 나중에 얘기해. 그럼 잠깐 다녀올게.

이리나 (불만에 가득 차서) 마샤 언니도 참…….

올가 (눈물을 글썽거리며) 그래, 네 마음 알아, 마샤.

솔료느이 남자들이 철학적인 이야기를 하면 철학이나 수사학이지만, 여자들이 철학적인 얘기를 하면 수다가 되고 말지.

마샤 그게 무슨 말이에요? 무례한 분 같으니.

솔료느이 아무것도 아냐. 내가 괜한 말을 했군. (사이.)

마샤 (올가에게 화를 내며) 울지 마, 언니.

안피사와 함께 페라폰트가 케이크를 들고서 들어온다.

안피사 이쪽으로 들어와요. 신발이 깨끗하니 안으로 들어와도 돼요. (이리나에게) 지방의회의 미하일 이바느이치 프로토포포프 씨가 축하 케이크를 보내 주셨어요.

이리나 고마워요. 그분께 감사하다고 전해 줘요. (케이크를 받는다.)

페라폰트 뭐라고요?

이리나 (큰 소리로) 감사하다고 전해 주세요!

올가 유모, 영감님한테 먹을 걸 좀 주세요. 페라폰트, 저쪽에 가면 음식이 좀 있을 거예요.

페라폰트 뭐라고요?

안피사 페라폰트 영감, 갑시다. 어서 여기서 나가요. (페라폰트와 함께 나간다.)

마샤 나는 미하일 포타프이치인지 이바느이치인지 하는 그 사람은 별로야. 그 사람은 초대하지 않았어도 됐는데.

이리나 초대 안 했어.

마샤 잘했어.

체부트이킨이 들어온다. 뒤이어 은제 사모바르를 든 병사가 들어온다. 놀람과 불만에 찬 웅성거림이 들린다.

올가   (두 손으로 얼굴을 가리면서) 사모바르라니! 아아, 정말! (홀에 있
　　는 식탁 쪽으로 간다.)

이리나   이반 로마노비치, 저게 뭐예요?

투젠바흐   (웃는다.) 내가 뭐랬어.

마샤   이반 로마노비치, 도대체 무슨 생각으로 저런 걸!

체부트이킨   사랑스러운 우리 아가씨들, 너희는 내게 이 세상 그 무엇
　　보다 가장 소중한 보물이란다. 이제 난 곧 환갑이야. 아무 쓸모없
　　고 고독한 늙은이가 되었지. 너희를 사랑하는 것은 내 유일한 낙이
　　란다. 너희가 아니었다면 이미 오래전에 죽었을 거야. (이리나에게)
　　사랑스런 이리나, 네가 아기였을 때부터 널 봐 왔단다…… 이 팔로
　　널 안고 다녔어. 난 돌아가신 너의 어머니를 정말 좋아했단다…….

이리나   하지만 이건 너무 비싼 선물이잖아요!

체부트이킨   (울먹이는 목소리로 화를 내면서) 비싸다니, 당치 않은 소리!
　　(병사에게) 사모바르를 저기로 가져가. (이리나의 목소리를 흉내 내
　　며) 비싼 선물이라……. (병사가 사모바르를 홀 쪽으로 가져간다.)

안피사   (응접실을 지나오면서) 아가씨, 처음 보는 중령님이 오셨어요.
　　이미 외투를 벗고 여기로 오고 계세요. 아가씨들, 그분이 지금 오
　　고 계신다고요. 이리나 아가씨, 상냥하고 친절하게 대하셔야 해요.
　　(나가면서) 이런, 벌써 점심 식사 시간이네. 맙소사…….

투젠바흐   베르쉬닌이 온 것 같아. (베르쉬닌이 들어온다.) 베르쉬닌
　　중령님!

베르쉬닌   (마샤와 이리나에게) 만나서 정말 반갑습니다. 베르쉬닌입
　　니다. 댁에 방문하게 되어서 정말 기쁩니다. 와우, 모두들 몰라볼

정도로 자랐군요!

이리나 앉으세요. 저희도 중령님을 다시 뵙게 되어 무척 기뻐요.

베르쉬닌 (쾌활하게) 오오, 정말 행복합니다. 그런데 아가씨들은 세 자매 아닌가요? 제 기억으로는 세 명의 어린 아가씨였는데. 지금은 그때의 얼굴은 잊어버렸지만 아버님이신 프로조로프 대령님께는 세 명의 어린 따님이 있었던 걸로 분명히 기억합니다. 제가 본 적도 있고말고요. 정말 세월이 참 빠르군요! 아, 정말 빨라요!

투젠바흐 베르쉬닌 중령님은 모스크바에서 오셨어.

이리나 모스크바에서요? 정말 모스크바에서 오셨어요?

베르쉬닌 그렇습니다. 아버님께서 그곳에서 포병 대대장을 하실 때 저는 같은 부대의 장교였지요. (마샤에게) 아, 그러고 보니 당신의 어릴 적 모습이 얼핏 기억나는 듯합니다.

마샤 저는 중령님을 기억하지 못하겠어요.

이리나 올가 언니! 올가 언니! (홀 쪽으로 소리친다.) 언니, 이리 와 봐! (올가가 홀에서 응접실로 들어온다.) 이분은 베르쉬닌 중령님이셔. 모스크바에서 오셨대.

베르쉬닌 그러니까 당신이…… 올가, 큰따님이시군요. 그리고 당신이 마샤, 그리고 이리나, 막내따님이시고…….

올가 모스크바에서 오셨다고요?

베르쉬닌 그렇습니다. 모스크바에서 학교를 졸업했고, 모스크바에서 임관하여 오랫동안 거기서 근무했습니다. 그러다 이곳 포병 대대로 부임하게 되었지요. 솔직히 여러분을 자세히 기억하지는 못하지만 세 자매였다는 것만은 확실히 기억하고 있지요. 하지만 여러분의 아버님은 아직도 제 기억 속에 생생히 남아 계시지요. 제가 모스크바에 있을 때 자주 댁에 들르곤 했습니다.

올가　저는 모든 분을 다 기억한다고 생각했는데……

베르쉬닌　제 이름은 알렉산드르 이그나치예비치입니다.

이리나　알렉산드르 이그나치예비치 씨, 모스크바에서 오셨다니 정말 반가워요!

올가　저희도 그곳으로 이사하려고 해요.

이리나　가을쯤에요, 저희 고향이 모스크바예요. 옛날 바스만나야 거리요…….

두 사람은 기뻐하며 웃는다.

마샤　고향 사람을 이렇게 만나다니, 뜻밖이군요. (흥분하여) 아, 이제 기억나! 기억 안 나, 올가 언니? 사람들이 '상사병 걸린 소령님'이라고 불러 대곤 했잖아. 중령님은 그때 중위였고 누군가를 짝사랑하고 계셔서 모두 중령님을 그렇게 놀려 댔잖아요…….

베르쉬닌　(웃는다.) 네, 맞습니다. 상사병 걸린 소령. 그 사람이 접니다…….

마샤　그땐 콧수염만 있었는데. 아, 이렇게 나이가 드시다니! (눈물을 글썽이며) 세월은 야속하군요!

베르쉬닌　맞아요, 상사병 걸린 소령이라고 불리던 시절엔 전 사랑에 빠진 젊은이였죠. 하지만 이젠 늙어서…….

올가　뭘요, 아직도 흰머리도 없으신데요. 나이를 드시긴 했지만, 아직 늙은 건 아니에요.

베르쉬닌   제 나이가 벌써 마흔셋입니다. 여러분은 모스크바를 떠난 지 오래됐나요?

이리나   십일 년 됐어요. 아니, 마샤 언니, 왜 울어? 바보같이……. (눈물을 글썽이며) 괜히 나까지 눈물이 나잖아…….

마샤   아무것도 아니야. 중령님은 어디서 사셨나요?

베르쉬닌   옛날 바스만나야 거리에서요.

올가   우리도 거기서 살았었어요…….

베르쉬닌   얼마 동안은 독일인 거리에서도 살았답니다. 그곳에서 부대까지 걸어 다녔지요. 가는 길에 오래된 다리가 있었는데, 그 밑으로 물이 세차게 흘렀지요. 그곳을 혼자서 걷고 있노라면 처량해지곤 했습니다. (사이.) 그런데 이곳에는 아주 넓고 멋진 강이 흐르더군요. 정말 장대한 강입니다!

올가   맞아요. 하지만 이곳은 춥고 여름엔 모기도 많아요…….

베르쉬닌   무슨 말씀을요! 이곳의 기후는 정말 건강에 좋고, 슬라브 성 기후입니다. 숲과 강이 있고…… 게다가 멋지고 우아한 자작나무도 많지요. 저는 나무 중에서 자작나무가 제일 좋습니다. 여긴 정말 살기 좋은 곳입니다. 그런데 이상한 것은 기차역이 24킬로미터나 떨어져 있습니다. 왜 그런지 아무도 모르더군요.

솔료느이   저는 그 이유를 알고 있습니다. (모두 그를 바라본다.) 왜냐하면 역이 가까우면 멀지 않다는 뜻이고, 역이 멀면 가깝지 않다는 뜻이기 때문이지요. (어색한 침묵)

투젠바호   이 친구는 썰렁한 농담도 참 잘한다니까.

올가 아, 저도 이제 중령님이 기억나네요. 네, 기억하고 있어요.

베르쉬닌 나는 여러분의 어머님을 뵌 적도 있습니다.

체부트이킨 참 좋은 분이셨죠. 천국에서 편히 쉬시기를…….

이리나 어머니는 모스크바에 묻히셨어요.

올가 노보데비치 묘지예요.

마샤 어머니 얼굴도 이제는 점점 가물가물해져요. 마찬가지로 우리도 다른 이들에게 점점 잊혀 가겠죠.

베르쉬닌 그렇습니다. 그것이 우리의 운명이니 어쩔 수 없습니다. 심각하고 매우 중요했던 일들이 세월이 흐르면서 자연스럽게 잊히고 말지요. (사이.) 재미있는 건 미래에는 어떤 것이 고상하고 중요해지며, 어떤 것이 보잘것없고 우스꽝스러워지는지를 아무도 확신할 수 없다는 겁니다. 이를테면, 코페르니쿠스나 콜럼버스의 발견도 처음에는 쓸모없고 우스꽝스러운 것으로 보이지 않았습니까? 반대로 어떤 바보가 지껄이는 헛소리가 진리처럼 보일 때도 있었지요. 그러니 당연한 것처럼 여겨지는 지금의 우리 생활도 나중에는 이상하고, 불편하고, 어리석은 것으로, 심지어 사악한 것으로 평가받을지도 모릅니다.

투젠바흐 과연 그럴까요? 어쩌면 후세 사람들이 지금 우리가 살고 있는 이 시대를 위대한 시대로 기억하며 존경할지도 모르지요. 오늘날엔 고문도, 사형도, 전쟁도 없지만 여전히 수많은 고통이 분명 존재하지요!

솔료느이 쯧, 쯧……. 우리 남작님은 철학 토론을 밥보다 좋아하신 단 말이야.

투젠바흐 솔료느이, 자넨 그냥 가만히 있게. (자리를 옮기며) 분위기가 가라앉잖아.

솔료느이 쯧, 쯧, 쯧…….

투젠바흐 (베르쉬닌에게) 오늘날 우리가 보고 듣는 고민은 정말 끝이 없어요. 그런데 어찌 보면 이런 현상은 우리 사회가 일정한 도덕 수준에 이르렀다는 반증이지요.

베르쉬닌 네, 물론 그렇지요.

체부트이킨 남작, 방금 후세 사람들이 우리 시대를 위대한 시대로 기억할 수도 있다고 말했나? 미안하지만 인간은 비천한 존재라네. 어느 시대나 그랬지……. (일어선다.) 보게나. 나란 인간이 얼마나 보잘것없는 존재인지. 결국 자기 삶이 고상하고 납득할 수 있는 것이라고 말하는 것은 그저 자기 위안일 뿐이지.

무대 뒤에서 바이올린 소리.

마샤 저희 오빠 안드레이가 연주하는 거예요.

이리나 오빠는 학자예요. 분명히 대학 교수가 될 거예요. 아버지는 군인이셨지만, 오빠는 학자의 길을 택했어요.

마샤 그건 아버지도 같은 생각이었을 거예요.

올가 아무래도 오빠가 사랑에 빠진 것 같아서 오늘 우리가 오빠를 좀 놀렸어요.

이리나 이 근방에 사는 한 아가씨인가 봐요. 오늘 그 아저씨가 우리 집에 올 거예요.

마샤 이런, 그녀의 옷 입는 꼴이란! 유행에 뒤떨어지거나, 옷이 좀 예쁘지 않다거나 하는 수준이 아니에요. 안쓰러울 정도지요. 촌스런 술 장식이 달린 노란 치마에 붉은 블라우스라니……. 뺨은 또 어찌나 번질거리는지! 안드레이가 그런 아가씨를 사랑할 리 없어요. 저는 이해 못 해요. 오빠는 눈이 높거든요. 그냥 우리를 약올리려고 사랑에 빠진 척하는 거예요. 어제 소문을 듣자니까 그 여자는 이곳 자치구의회 의장인 프로토포포프에게 시집갈 거라던데요. 잘됐죠, 뭐……. (옆문을 향해서) 안드레이 오빠, 이리로 좀 와 봐!

안드레이가 들어온다.

올가 저희 오빠 안드레이 세르게예비치예요.

베르쉬닌 베르쉬닌입니다.

안드레이 처음 뵙겠습니다. (얼굴의 땀을 닦으며) 이번에 새로 오신 포병 대대장이신가요?

올가 베르쉬닌 씨는 모스크바에서 오셨대.

안드레이 아, 그래요? 반갑습니다. 이제 제 누이들이 당신을 한시도 가만 놔두지 않을 겁니다.

베르쉬닌 그보다는 제가 오히려 아가씨들을 귀찮게 하고 있답니다.

이리나 이것 좀 보세요. 오빠가 나에게 이렇게 예쁜 초상화 액자를 선물해 줬어요! (액자를 보여 준다.) 오빠가 직접 만든 거예요.

베르쉬닌 (액자를 보고 뭐라고 말해야 할지 몰라 하며) 네…… 그렇군요…….

이리나 피아노 위에 있는 저 액자도 오빠가 만든 거예요.

안드레이가 못마땅한 듯 한 손을 흔들면서 나간다.

올가 저희 오빠는 학자이면서 바이올린도 연주하고 톱 하나로 온
갖 물건을 다 만들어 내요. 한마디로 다재다능해요. 오빠, 어디 가?
오빠는 늘 저런 식이에요. 어떻게든 도망치려 한다니까요. 이리
와 봐!

마샤와 이리나가 안드레이의 양쪽에서 팔을 잡아 끌고 웃으면서 데
려온다.

마샤 이리 와!

안드레이 제발 날 내버려 둬.

마샤 오빠 정말 왜 그래? 베르쉬닌 씨는 예전에 상사병 걸린 소령님
이라고 주위에서 놀려도 절대 화를 안 내셨다고.

베르쉬닌 네, 그랬지요!

마샤 그러니까 나는 이제부터 오빠를 상사병 걸린 바이올리니스트
라고 부르겠어!

이리나 아니면 상사병 걸린 교수님?

올가 사랑에 빠졌어! 안드레이가 사랑에 빠졌어!

이리나 (손뼉을 치며) 자, 모두 박수! 브라보! 앙코르! 안드레이가 사
랑에 빠졌대요!

체부트이킨 (뒤로 다가가 양팔로 안드레이의 허리를 안으며) 위대한 대자연은 오직 사랑을 위하여 우리를 창조했노라! (크게 웃고는 자리에 앉아 주머니에서 신문을 꺼내 읽는다.)

안드레이 자, 됐어요. 이제 다들 그만해요……. (얼굴의 땀을 닦는다.) 밤새 한숨도 못 자 몽롱하군요. 새벽 4시까지 책을 읽고 자리에 누웠는데 아무 소용없었어요. 이런저런 생각에 잠기다 보니 어느새 해가 뜨고 햇살이 침실로 쏟아지더군요. 이번 여름에는 이곳에서 영어책을 한번 번역해 보고 싶어요.

베르쉬닌 영어를 하시나요?

안드레이 네. 아버지께서는 교육에 있어서 저희를 많이 들볶으셨어요. 우습게 들리겠지만, 아버지가 돌아가시고 나서 살이 붙더니 일 년 만에 이렇게 뚱뚱해졌어요. 마치 억압에서 벗어나기라도 한 것처럼 말이죠. 아버지 덕분에 저희 남매는 모두 프랑스어, 독일어, 영어를 할 줄 알아요. 이리나는 이탈리아어까지 가능하죠. 그동안 공부하느라 고생한 걸 생각하면 어휴!

마샤 이런 촌구석에서 세 개의 외국어를 한다는 건 불필요한 낭비예요. 바꿔 말하면, 여섯 번째 손가락처럼 무용지물이죠. 우리는 쓸데없는 걸 너무 많이 알고 있어요.

베르쉬닌 아니 저런! (웃는다.) 쓸데없이 너무 많이 알고 있다고요! 지적이고 교양을 갖춘 사람은 아무리 지루하고 조용한 도시에도 꼭 필요한 법입니다. 거칠고 무지한 이 도시의 주민들 10만 명 가운데 당신 같은 사람이 딱 세 명 있다고 칩시다. 물론 그들에게는 아직 무지몽매한 대중을 이길 힘이 없을 것입니다. 그들은 세월이 흐르고 흘러 조금씩, 조금씩 대중처럼 변해 가겠죠. 그렇다고 해서 그들의 흔적마저 사라지진 않습니다. 여러분과 같은 세 명 덕분에 비슷한 여섯 명이 생겨날 테고, 또 그다음엔 열두 명이 생겨날 겁니다. 이런 식으로 여러분 같은 사람들이 도시를 가득 채우게 될 겁니다. 그러면 이백 년, 삼백 년 뒤의 삶은 상상할 수 없을 만큼 아름답고 놀랍게 변할 테지요. 인간에게는 그런 삶이 필요합니다. 아직 그런 삶을 살지 못하고 있다면, 꿈꾸며 준비해야 합니다. 그렇기 때문에라도 인간은 선조들이 알았던 것보다 더 많은 것을 배워야 합니다. (웃는다.) 그런데 여러분은 쓸데없이 너무 많이 알고 있다고 불평하는군요.

마샤   (모자를 벗고) 점심은 여기서 먹고 가야겠어.

이리나   (한숨을 쉬면서) 지금 하신 말씀들을 모두 적어 두고 싶네요…….

안드레이가 아무도 모르게 살며시 자리를 뜬다.

투젠바흐   당신은 미래의 삶이 아름답고 놀랍게 변할 거라고 말씀하셨지요. 옳은 말입니다. 비록 지금은 이루기 힘든 꿈이지만 그날을 조금이라도 앞당기기 위해서, 조금이라도 그 미래에 힘을 보태기 위해서는 우린 준비해야 합니다. 일을 해야 해요.

베르쉬닌   (일어난다.) 맞아요. 그런데 이 집에는 꽃이 정말 많네요! (주위를 둘러보며) 멋진 집입니다. 정말 부럽군요! 전 평생 동안 의자 두 개와 소파 하나, 고물 난로 달랑 하나만 놓인 집에서 살았답

니다. 제 인생에는 이런 꽃은 없었지요……. (두 손을 비빈다.) 아아,
이제는 모두 소용없죠.

투젠바흐　그렇습니다. 우린 일을 해야 해요. 아마도 당신은 저 독일
인이 감성적이 되었다고 생각할 수도 있겠지만 저는 순수 러시아
사람입니다. 독일어는 한 마디도 못 해요. 제 아버지도 러시아 정
교도이시죠……. (사이.)

베르쉬닌　(무대를 걸어 다니며) 나는 가끔 이런 생각을 합니다. 내가
지금 무엇을 하고 있는지 정확히 파악한 후에 완전히 새롭게 인생
을 다시 시작한다면 어떨까 하고요. 말하자면 지난 세월은 밑그림
이고, 두 번째 인생이 진정한 나의 작품이고! 만약 이렇게 인생을
다시 시작할 수 있다면 누구라도 과거를 되풀이하지 않을 겁니다.
새로운 생활환경을 만들려고 하겠지요. 만약 내가 새 인생을 시작
한다면, 이를테면 볕이 잘 들고 꽃으로 가득한 이런 집을 새 인생
의 보금자리로 선택할 겁니다. 저에게는 아내와 두 딸아이가 있습
니다. 아내는 몸이 약하고, 뭐 이런저런 문제를 안고 있죠. 만약 인
생을 완전히 새롭게 시작할 수 있다면, 나는 결혼하지 않을 겁니
다……. 절대, 절대로!

쿨르이긴이 교사용 정장 차림으로 들어온다.

쿨르이긴　(이리나에게 다가가) 사랑하는 처제, 생일 축하해. 건강하고
바라는 모든 일이 이루어지기를 진심으로 기도할게. 그리고 이 작
은 책을 선물로 줄게. (책을 건네준다.) 내가 직접 쓴 우리 고등학교

오십 년 역사야. 할 일이 없어서 쓴 별 볼일 없는 책이지만, 그래도 읽어 봐. 안녕하세요, 여러분! (베르쉬닌에게) 이곳에서 고등학교 교사로 일하는 쿨르이긴이라고 합니다. (이리나에게) 이 책에는 지난 오십 년간의 졸업생 이름이 실려 있어. Feci, quod porui faciant meliora porenres(라틴어로 '자신이 할 수 있는 만큼 하고, 누군가 해야 한다면, 더 잘하게 하라.'는 뜻_옮긴이). (마샤에게 키스한다.)

이리나 하지만 부활절에도 이 책을 주셨는데요.

쿨르이긴 (웃는다.) 그럴 리 없을 텐데? 그럼 돌려줘. 중령님께 드리는 게 좋겠어. 받으세요, 중령님. 심심하실 때 읽어 보십시오.

베르쉬닌 감사합니다. (떠날 준비를 한다.) 이렇게 여러분을 뵙게 되니 정말 기쁩니다……

올가 가시려고요? 안 돼요, 가지 마세요!

이리나 저희와 점심 드시고 가세요. 네?

올가 네, 그렇게 하세요.

베르쉬닌 (인사한다.) 어쩌다 생일 축하 자리에 제가 눈치도 없이 끼어들었군요. 미안합니다. 미리 알았으면 축하 선물이라도 준비했을 텐데…… (올가와 함께 홀로 걸어간다.)

쿨르이긴 여러분, 오늘은 일요일, 안식일입니다. 그러니까 각자 나이와 신분에 알맞게 쉬면서 즐겁게 지내요. 이제 여름이니 양탄자는 겨울까지 잘 보관해야 합니다……. 방충제나 나프탈렌을 넣어 놔야겠죠. 로마인들이 건강했던 이유는 일하고 쉴 때를 명확히 나눴기 때문이에요. 그들에게는 Mens sana in corpore sano(라틴어로 '건강한 신체에 건강한 정신'이라는 뜻_옮긴이)가 있었던 겁니다.

그들의 삶에는 일정한 규칙에 맞게 흘러갔습니다. 우리 교장 선생님께서도 인생에서 가장 중요한 것은 바로 규칙이라고 말씀하시죠……. 규칙이 사라지면 모든 게 끝나거든요. 우리의 일상도 마찬가지입니다. (마샤의 허리를 붙잡고 웃으면서) 마샤는 나를 사랑하지요. 내 아내는 나를 사랑해요. 아, 창문의 커튼도 양탄자와 함께 걸어야 해요……. 오늘은 제 기분이 들떠 있네요. 마샤, 오늘 4시에 함께 교장 선생님 댁에 가야 해. 교사들의 가족 동반 산책 모임이 있어.

마샤 난 안 갈래요.

쿨르이긴 (실망한 듯이) 마샤, 왜 그래?

마샤 나중에 얘기해요……. (화를 내면서) 알겠어요. 갈게요. 제발 저리 가요, 제발……. (쿨르이긴에게서 떨어진다.)

쿨르이긴 그리고 교장 선생님 댁에서 저녁 시간을 보낼 거야. 교장 선생님은 건강이 좋지 않은데도 언제나 사람들을 챙기려 하시지. 고상한 인물이야. 훌륭한 분이지. 어제도 회의가 끝나고 내게 말씀하셨어. "피곤하군, 표도르 일리치. 정말 피곤해." (벽시계를 바라보고는 다시 자기 시계를 본다.) 이 집 시계가 7분 더 빠르군. 글쎄 그분이 그렇게 말씀하셨더라고. "너무 피곤해." 하고 말이야.

무대 뒤에서 바이올린 소리가 들린다.

올가 여러분, 식사합시다! 파이가 준비됐어요!

쿨르이긴 아아, 사랑스런 올가! 나는 어제 아침부터 밤 11시까지 일하느라 완전히 녹초가 됐지만 오늘은 더없이 행복해. (홀에 있는 식탁으로 간다.) 나의 사랑스런 올가…….

체부트이킨 (신문을 주머니에 넣고 수염을 쓰다듬으며) 파이? 멋지군!

마샤 (체부트이킨에게 단호하게) 오늘은 절대 술 드시지 말아요. 아시겠죠? 몸에 안 좋아요.

체부트이킨 이런, 그건 다 옛날 일이야. 이 년 동안 취할 정도로 마신 적이 없다고. (초조해하며) 얘야, 뭐가 문제니?

마샤 어쨌든 술 드시지 마세요. 안 돼요. (화를 내면서, 하지만 남편이 듣지 못하게) 정말 돌아 버리겠네! 오늘도 교장 집에서 저녁 내내 지루하게 보내야 하다니!

투젠바흐 내가 당신이라면 안 갈 거야……. 아주 간단한 일이야.

체부트이킨 가지 말고 여기 있으렴, 마샤.

마샤 가지 말라고요……. 아, 정말 지긋지긋한 인생이야……. (홀 쪽으로 간다.)

체부트이킨 (그녀의 뒤를 따라가면서) 가지 마, 가지 말래도.

솔료느이 (홀 쪽으로 가면서) 쯧, 쯧, 쯧…….

투젠바흐 그만해, 솔료느이. 그만해!

솔료느이 쯧, 쯧, 쯧…….

쿨르이긴 (유쾌하게) 중령님의 건강을 위하여! 저는 교사이면서 마샤의 남편으로 이 집의 가족입니다. 아내는 정말 좋은 여자입니다. 그렇고말고요…….

베르쉬닌 저는 이 갈색 보드카를 좀 마시겠습니다……. (마신다.) 당신의 건강을 위하여! (올가에게) 여러분과 함께 있으니 기분이 정말 좋군요…….

응접실에는 이리나와 투젠바흐만이 남아 있다.

이리나 마샤 언니는 오늘 기분이 별로인가 봐요. 언니는 열여덟 살에 시집을 갔는데, 그때는 형부가 세상에서 가장 똑똑한 사람으로 보였대요. 하지만 지금은 아니에요. 형부는 선량하지만 그다지 똑똑한 사람은 아니에요.

올가 (초조한 얼굴로) 안드레이, 이제 그만 나와!

안드레이 (무대 뒤에서) 지금 갈게. (들어와서 식탁으로 간다.)

투젠바흐 무슨 생각을 하고 있어?

이리나 아무것도 아니에요. 난 당신 친구 솔료느이가 싫어요. 늘 이상한 소리만 해 대잖아요…….

투젠바흐 그는 괴짜야. 그를 보면 딱하기도 하고 짜증도 나지만, 딱하다는 생각이 더 커. 좀 내성적인 것 같아……. 나하고만 있으면 굉장히 현명하고 상냥한 편인데, 여러 사람 사이에선 무뚝뚝하고 거칠어져. 가지 마. 다들 알아서 먹고 마시고 있으니까 조금만 더 네 옆에 있다 가. 무슨 생각을 하고 있지? (사이.) 넌 이제 스무 살이고, 나는 아직 서른이 안 됐으니 우리 앞에는 기나긴 세월이 남아 있어. 널 향한 나의 사랑으로 가득한 긴 세월이…….

이리나 니콜라이 리보비치, 제발 나에게 그런 얘기는 하지 마요.

투젠바흐 (듣는 체도 하지 않고) 나는 갈망하고 있어. 열정적인 투쟁과 노동하는 삶을 바라지. 그리고 이 열망은 내 영혼 속에서 널 향한 사랑과 하나가 되어 가고 있어. 이리나, 너는 아름답고 너 때문에 내 남은 인생 또한 아름답지! 무슨 생각하고 있어?

이리나 당신의 인생이 아름답다고요⋯⋯. 그렇군요. 하지만 단지 그렇게 보이는 거라면요? 우리 세 자매의 인생은 지금까지 아름다웠던 적이 없어요. 잡초가 꽃을 에워싼 것처럼 삶은 우리를 구속해 왔지요. 이런, 눈물이 나네요⋯⋯. 안 돼. (서둘러 눈물을 닦고 일부러 미소 짓는다.) 일을 해야 해요, 일을. 우리가 우울하다는 이유로 인생을 절망적으로 바라보는 건 다 노동을 모르기 때문이에요. 노동을 경멸한 것에 대한 결과일 뿐이에요.

나타샤가 들어온다. 분홍색 드레스에 초록색 허리띠를 매고 있다.

나타샤 이미 다들 식사 중이셨군요.. 제가 좀 늦었네요⋯⋯. (잠시 거울을 들여다보고 옷매무새를 고친다.) 머리는 괜찮은 것 같고. (이리나를 보며) 이리나 세르게예브나, 생일 축하해요. (활기차게, 그리고 평상시보다 길게 키스한다.) 손님들이 많이 오셨네요. 부끄럽네요⋯⋯. 안녕하세요, 남작님!

올가 (응접실로 들어오면서) 어머, 나타샤! 안녕하세요! (두 사람이 키스한다.)

나타샤 축하드려요. 낯선 손님들이 많아서인지 조금 쑥스럽네요⋯⋯.

올가 괜찮아요, 모두 격의 없이 가까운 사람들이에요. (목소리를 낮추어, 놀란 듯이) 어머, 초록색 허리띠를 매셨네요! 이건 좀 별로인 것 같네요.

나타샤 왜요? 초록색이 홍조를 의미하나요?

올가 그게 아니라…… 드레스랑 잘 안 어울려서요……. 음, 좀 이상해 보여요.

나타샤 (울먹이는 목소리로) 그래요? 하지만 완전 초록색은 아니고 그보다는 좀 더 연한데요. (올가를 따라 홀로 간다.)

모두가 홀 테이블에 앉아 식사를 하고 있다. 응접실은 비어 있다.

쿨르이긴 이리나, 훌륭한 신랑감을 만나길 바라. 너도 이제 시집갈 때가 되었지.

체부트이킨 나타샤, 너에게도 좋은 신랑감이 생기면 좋겠구나.

쿨르이긴 나타샤에게는 이미 신랑감이 있어요.

마샤 포도주 한 잔 더 주세요! 인생은 한 번뿐이니까, 젠장.

쿨르이긴 당신 품행에 마이너스 3점 주겠어.

베르쉬닌 이 술맛이 일품이군요. 무엇으로 담그셨나요?

솔료느이 바퀴벌레.

이리나 (울먹이는 목소리로) 웩, 역겨워요.

올가 저녁 식사 때에는 칠면조 구이와 달콤한 사과 파이를 준비해 놓을게요. 오늘은 하루 종일 집에 있을 거예요. 저녁에도요……. 그러니까 여러분, 저녁에 한 번 더 놀러 오세요.

베르쉬닌 제가 와도 되겠습니까?

이리나 물론이지요.

114

나타샤　여기서 격식 같은 건 생각지 않으셔도 돼요.

체부트이킨　위대한 대자연은 오직 사랑을 위하여 우리를 창조했노라! (웃는다.)

안드레이　(화난 듯이) 여러분, 제발 그만하세요. 지겹지도 않아요?

페도티크와 로데가 커다란 꽃바구니를 들고 들어온다.

페도티크　어이쿠! 이미 식사가 시작되었군.

로데　(큰 목소리로, 혀 짧은 발음으로) 식사? 이런, 진짜네…….

페도티크　잠깐만! (사진을 찍는다.) 하나! 잠깐, 한 번 더……. (또 한 장 찍는다.) 둘! 자, 됐어요!

바구니를 들고 홀로 간다. 사람들이 그들을 왁자지껄하게 맞이한다.

로데　(큰 목소리로) 축하합니다. 항상 좋은 일만 생기기를 바랍니다! 오늘 날씨가 진짜 좋네요. 정말 기가 막히네요. 오늘 오전 내내 학생들과 산책을 했어요. 저는 고등학교에서 체육을 가르치고 있거든요.

페도티크　이젠 움직여도 돼, 이리나. (사진을 찍으면서) 오늘 정말 아름답군. (주머니에서 팽이를 꺼낸다.) 자, 팽이인데 소리가 정말 굉장해.

이리나　어머, 예뻐요!

마샤　"푸른 떡갈나무 한 그루 외딴 바닷가에 서 있네.

황금빛 사슬 떡갈나무에 매어져 ······

황금빛 사슬 떡갈나무에 매어져 ·······"

(울먹이며) 이상하네. 하루 종일 이 구절이 입에 붙어 떨어지질 않네······.

쿨르이긴 식탁에 열세 명이 앉아 있군!

로데 (큰 목소리로) 설마 그런 미신을 믿어요? (웃는다.)

쿨르이긴 식탁에 열세 명이 앉아 있으면 그중에는 사랑에 빠진 연인이 있다는 뜻이지요. 이반 로마노비치, 혹시 당신인가요?

체부트이킨 나는 그냥 노인일 뿐이에요. 그런데 왜 나탈리야 이바노브나 양의 얼굴이 빨개지는지 모르겠군.

요란한 웃음소리. 나타샤가 홀에서 응접실로 뛰쳐나간다. 안드레이가 그녀 뒤를 따라서 나간다.

안드레이 괜찮아, 신경 쓰지 않아도 돼. 잠깐······. 제발 거기 서······.

나타샤 부끄러워서요······. 저들이 날 놀리고 있잖아요. 이렇게 자리에서 나오는 건 예의가 아니지만, 나도 어쩔 수 없었어요. 그래서······. (두 손으로 얼굴을 감싼다.)

안드레이 나타샤, 부탁이야. 흥분하지 말고 진정해. 내 장담하건대, 저들은 절대 악의 없이 그냥 농담하는 거야. 착하고 따뜻한 분들이야. 다들 나와 당신을 좋아하거든. 자 이리 와요. 창 쪽으로 와요. 여기라면 홀에서 우릴 볼 수 없을 테니까······. (주위를 돌아본다.)

나타샤 사람들이 많은 곳에서는 어찌해야 할지 모르겠어요.

안드레이   오, 젊음이여, 사랑스럽고 신비로운 젊음이여! 나의 사랑 나타샤, 너무 걱정 말고 날 믿어요, 믿으라고……. 난 정말 행복해. 내 마음은 사랑과 기쁨으로 가득해. 오, 그들은 저쪽에서는 우리가 안 보일 거야, 못 본다고! 어떻게, 내가 당신을 어떻게 사랑했는지, 또 언제부터 사랑했는지 난 모르겠어. 나의 귀엽고 순수한 나타샤, 나의 아내가 되어 줘! 당신을 사랑해, 아주 많이 사랑해……. 지금껏 어느 누구에게도 이런 사랑을 느껴 본 적이 없어……. (키스한다.)

두 사람의 장교가 들어오다가 키스하고 있는 남녀를 보고서 깜짝 놀라 멈춰 선다.

-막-

<u>2막</u>

무대는 1막과 같다.

밤 8시. 무대 뒤 거리에서는 희미한 아코디언 소리가 들려오고, 등불은 꺼져 있다. 실내복 차림의 나타샤가 촛불을 들고 들어와 안드레이의 방으로 통하는 문 앞에 멈춰 선다.

나타샤 안드레이, 뭐하고 있어요? 책 읽어요? 별일 아니에요. 그냥……. (걸어가서 다른 문을 열고 안을 들여다보고는 문을 닫는다.) 불이 켜졌는지 보려고…….

안드레이 (손에 책을 들고 들어온다.) 나타샤, 왜 그래?

나타샤 불이 아직도 켜져 있는지 살펴보고 있었어요……. 요즘 사육

제 기간이라 하인들이 들떠 있잖아요. 혹시 무슨 일이 생기지 않도록 조심해야 하거든요. 어젯밤 자정에 식당을 지나가는데, 촛불이 계속 켜져 있더라고요. 아직 누가 불을 켜 놓았는지 알아내지 못했어요. (촛불을 놓는다.) 지금 몇 시죠?

안드레이 (시계를 보고 나서) 8시 15분.

나타샤 늦었는데 올가도, 이리나도 아직 돌아오질 않네요. 불쌍하게도 아직도 일을 하고 있나 보네요. 올가는 교사 회의에, 이리나는 전신국에……. (한숨 쉰다.) 오늘 아침에 내가 그랬어요. "이리나 아가씨, 건강 좀 돌보세요." 하지만 내 말은 듣지도 않더라고요. 8시 15분이라고요? 우리 보비크가 자주 아파서 걱정이에요. 아이 몸이 왜 이리 찰까요? 어제는 열이 오르더니 오늘은 온몸이 차갑네요……. 너무 걱정돼요.

안드레이 나타샤, 괜찮아. 아이는 건강하다고.

나타샤 아무래도 식이요법을 계속해야겠어요. 걱정돼서 죽겠어요. 오늘 9시 이후에 가장무도회 무리가 온대요. 오지 않으면 좋으련만. 안 그래요, 안드레이?

안드레이 난 모르는 일인데? 동생들이 불렀나 보군.

나타샤 오늘 아침엔 보비크가 눈을 떠서 나를 보고는 갑자기 생긋 웃더라고요. 날 알아본 거예요. 그래서 "보비크, 안녕! 안녕, 우리 아기!"라고 말했더니 아기도 까르르 웃더군요. 아이가 말을 알아들은 거예요. 아주 잘 안다니까요. 그러니까, 안드레이, 가장무도회 사람들을 집에 들이지 말라고 얘기하는 거예요.

안드레이 (머뭇거리면서) 그건 동생들이 결정할 일이야. 이 집의 주인은 그들이니까.

나타샤 네, 아가씨들도 저와 같은 생각일 거예요. 내가 아가씨들에게 말해야겠어요. 마음씨 좋은 사람들이니까……. (걸어가면서) 저녁에 요구르트를 준비하라고 말해 두었어요. 의사 선생님이 당신은 요구르트만 먹어야 한대요. 안 그러면 살이 빠지지 않을 거래요. (멈춰 선다.) 보비크 몸이 너무 차요. 아이 방이 추운가 봐요. 날이 따뜻해질 때까지 방을 바꿔 주고 싶어요. 이리나의 방이 건조하고 온종일 해가 드니, 적당할 것 같아요. 이리나 아가씨에게는 당분간 올가와 같이 방을 쓰라고 해야겠어요……. 어차피 낮에는 집에 없고, 밤에 잠만 자러 들어올 뿐이니까요. (사이.) 안드레이, 왜 아무 말도 안 해요?

안드레이 그냥, 생각 좀 하느라……. 할 말도 없고…….

나타샤 참, 당신한테 할 말이 있었는데……. 맞다. 자치구의회에서 페라폰트가 와서는 당신이 집에 있는지 묻더군요.

안드레이 (하품한다.) 그럼 오라고 전해 줘.

나타샤가 나간다. 안드레이는 그녀가 두고 간 촛불 쪽으로 몸을 굽히고 책을 읽는다. 페라폰트가 들어온다. 낡고 너덜너덜한 외투에 깃을 세우고, 두 귀는 가리고 있다.

안드레이 어서 오게. 무슨 일인가?

페라폰트 의장님이 책과 서류를 보내셨습니다. 여기……. (책과 종이 꾸러미를 내민다.)

안드레이 고맙네. 좋아. 그런데 왜 이렇게 늦게 왔지? 벌써 9시가 다
　　돼 가질 않나.

페라폰트 뭐라고요?

안드레이 (큰 소리로) 너무 늦게 왔다고! 벌써 9시가 다 됐다고 했어.

페라폰트 그러게요. 제가 도착했을 때는 그래도 밝았습니다만, 나리
　　께서 바쁘다고 하시면서 절 들여보내 주지 않았습니다요. 뭐, 어쩔
　　수 없죠, 바쁘시다니까. 저도 서두를 이유는 없었고요. (안드레이가
　　무엇인가를 묻는 줄 알고) 예? 뭐라고 하셨습니까?

안드레이 아무것도 아니야. (책을 펼쳐 보면서) 내일은 금요일이라 회
　　의는 없지만, 그래도 나가 봐야겠어……. 집에 있으니 답답해서 일
　　이라도 해야겠어……. (사이.) 안드레이 영감, 인생이 어찌 이렇게
　　도 이상하게 변해 버린 걸까? 운명이 이렇게 장난을 칠 줄이야! 온
　　종일 할 일도 없고 하도 따분해서 대학 시절 노트를 들춰 봤는데
　　읽고 있으니 웃음이 나더군……. 참나, 이게 무슨 꼴인가! 내가 자
　　치구의회에서 비서를 하고 있다니. 그것도 프로토포포프가 의장
　　으로 있는 자치구의회에서 말이야. 그리고 지금 내가 가질 수 있는
　　가장 큰 희망은 자치구의원이 되는 거야! 모스크바 대학 교수, 러
　　시아가 자랑할 만한 유명한 학자를 꿈꾸었던 내가!

페라폰트 뭐라고 말씀이신지……. 귀가 잘 안 들려서…….

안드레이 만약 자네 귀가 제대로 들렸다면, 자네 앞에서 이런 얘기
　　는 하지도 않았을 거야. 누구라도 붙잡고 말을 하고 싶은데, 아내
　　는 날 이해 못 해. 동생들은 날 비웃을까 봐 말하기가 겁나. 나는 술
　　도 마시지 않으니 레스토랑도 별로야. 영감, 그래도 지금 내가 모

스크바에 있는 테스토프나 볼쇼이 모스코프스키 같은 레스토랑에 앉아 있다면 정말 행복할 것 같아.

페라폰트 며칠 전에 자치구의회에서 한 하청업자가 하는 말을 들었는데요. 모스크바에서 어떤 상인들이 블린(러시아식 핫케이크_옮긴이)을 먹었는데, 아니 글쎄, 그중 한 명이 그걸 마흔 조각이나 먹다가 죽었대요. 마흔 개였나, 쉰 개였나, 기억은 잘 안 나지만 말입니다.

안드레이 모스크바의 어느 레스토랑의 넓디넓은 홀에 앉아 있으면…… 내가 아는 사람도, 나를 아는 사람도 없지. 하지만 조금도 서먹하거나 낯설지 않아. 하지만 여기는 모두 서로를 너무 잘 알고 있는 사이인데도 남남이나 다를 바 없이 낯설어. 이방인……. 외로운 이방인처럼 말이야.

페라폰트 뭐라고요? (사이.) 그리고 이것도 그 하청업자가 한 얘긴데요. 거짓말 같긴 한데, 모스크바 시의 끝에서 끝까지 밧줄 한 가닥을 매어 놓았다고 하더군요.

안드레이 왜?

페라폰트 그건 저도 모르겠습니다, 나리. 청부업자가 그렇게 말했어요.

안드레이 말도 안 되는 소리. (대학 노트를 읽는다.) 모스크바에 가 본 적 있나?

페라폰트 (사이를 두고) 못 가 봤습니다. 하느님께서 아직 허락지 않으셨어요. (사이.) 나가 봐도 될까요?

안드레이 그래, 잘 가게. (페라폰트가 나간다.) 잘 가게나. (노트를 읽으면서) 내일 아침에 이 서류를 가져가게……. 이제 가 보게나. (사이.) 벌써 가 버렸군.

초인종 소리.

안드레이 또 일이 생겼구만……. (기지개를 켜고는 천천히 자기 방으로 간다.)

무대 뒤에서 유모가 아기를 재우려 요람을 흔들면서 노래한다. 마샤와 베르쉬닌이 들어온다. 두 사람이 이야기하는 동안 하녀가 램프와 양초에 불을 붙인다.

마샤 모르겠어요. (사이.) 정말 모르겠어요. 물론 습관이란 건 무서운 거예요. 예를 들자면 아버지가 돌아가시고 나서 집에 당번병이 없어졌다는 사실이 낯설었어요. 하지만 현재 내 가슴속에는 습관 외에 정의의 속삭임이라는 것도 있나 봐요. 다른 지방에서는 어떤지 모르지만 전, 이 지방에서 가장 점잖고 고상하고 교양 있는 사람들은 전부 군인이라고 생각해요.

베르쉬닌 목이 마르군요. 차라도 한 잔 마시고 싶습니다만…….

마샤 (시계를 보고 나서) 곧 차를 가져올 거예요. 전 열여덟 살에 결혼했는데 그땐 남편이 무서웠어요. 왜냐면 그이는 교사였고, 저는 학교를 갓 졸업한 어린애였으니까요. 당시의 남편은 아주 똑똑하고 현명하고 중요한 사람처럼 보였죠. 하지만 유감스럽게도 지금

123

은 그렇지 않아요.

베르쉬닌 그렇군요…….

마샤 남편에 대해서는 더 이상 아무 말도 하고 싶지 않아요. 지금은 그이에게 익숙해졌거든요. 민간인 가운데는 거칠고 교양 없는 사람들이 너무 많아요. 이들의 난폭함은 절 화나게 만들어요. 촌스럽고 불친절하고 예의 없는 사람을 볼 때면 정말 우울해요. 그래서 남편의 동료들과 함께하는 자리는 지옥같이 느껴진답니다.

베르쉬닌 그렇군요……. 하지만 제 생각엔 민간인이든 군인이든 다 비슷합니다. 적어도 이 마을에서는요. 다를 게 하나 없어요! 민간인이든 군인이든 이곳에서 지식인 행세를 하는 사람들을 보면, 고작 마누라가 어떻고, 집이 어떻고, 토지가 어떻고, 말이 어떻다느니 하는 얘기뿐이에요. 사색을 즐기는 고상한 러시아인들이 왜 정작 실생활에서는 그렇게 저급한 걸까요? 대체 왜?

마샤 글쎄요, 왜죠?

베르쉬닌 왜 남편들은 아내며 자식들 걱정으로 괴로워하고, 또 아내와 아이들은 가장 때문에 고통스러워하죠?

마샤 오늘 기분이 안 좋으신 모양이네요.

베르쉬닌 아마도요. 오늘은 저녁도 못 먹고 종일 굶었거든요. 딸의 몸상태가 좋지 않아요. 애들이 아플 때마다 가슴이 미어지고, 그런 어머니 밑에서 자라게 한 내 자신이 부끄럽습니다. 아, 당신이 오늘 그 여자 하는 꼴을 봤더라면! 돼먹지 못한 여자 같으니! 아침 7시부터 싸우다가 결국 9시에 문을 박차고 나와 버렸습니다. (사이.) 이런 얘기는 절대로 하지 않는데, 이상하게 당신에게는 하소연을

하게 되는군요. (그녀의 손에 키스한다.) 부디 화내지 마세요. 내겐 당신밖에 없습니다. 당신밖에……. (사이.)

마샤 오늘도 난로에서 우는 소리가 나요. 아버지가 돌아가시기 얼마 전에도 굴뚝에서 우는 소리가 났거든요. 저 소리랑 똑같았어요.

베르쉬닌 미신을 믿습니까?

마샤 네, 믿어요.

베르쉬닌 신기하군요. (그녀의 손에 키스한다.) 당신은 아름답고 멋진 사람이에요. 정말, 당신은 아름답고 근사해요. 이런 어둠 속에서도 당신의 눈빛이 아름답게 빛나고 있어요.

마샤 (다른 의자로 옮겨 앉는다.) 이쪽이 더 밝아요…….

베르쉬닌 당신을 사랑합니다. 사랑합니다. 당신을 사랑해요……. 당신의 두 눈, 당신의 몸짓……. 내 꿈속에서도 당신이 보여요……. 오, 아름다운 여인이여!

마샤 (부드럽게 웃으면서) 그런 말씀을 하시면 겁이 나요. 그런데 웃음이 나기도 하네요. 부탁해요, 다시는 그런 말 마세요……. (낮은 목소리로) 하지만 답답하시면 말씀하셔도 돼요. 어차피 저한테는 달라지는 게 없으니까요. (두 손으로 얼굴을 감싼다.) 어차피 마찬가지예요. 아, 누가 오는군요. 빨리 다른 얘기를 해요…….

이리나와 투젠바흐가 홀을 가로질러 걸어온다.

투젠바흐 내 성(姓)은 세 마디로 되었지. 투젠바흐-크로네-알트샤우어 남작. 하지만 난 러시아인이야. 너와 똑같은 러시아 정교도란 말이지. 내게 독일인의 특징 따윈 없어. 뭐, 굳이 찾는다면 참을성과 고집이 세다는 것 정도겠군. 이렇게 매일 밤 너를 집에 바래다주는 정성만 봐도 내 고집을 알겠지?

이리나   아, 정말 피곤해!

투젠바흐   앞으로 매일 전신국에서 집까지 바래다줄게. 십 년이든 이십 년이든 네가 날 밀어내지만 않는다면 말이야……. (마샤와 베르쉬닌을 보고 기쁜 듯이) 아, 당신들이군요. 잘 지내셨나요?

이리나   겨우 집에 왔어. (마샤에게) 아까 어떤 아주머니가 사무실에 오더니 오늘 자기 아들이 죽어서 사라토프에 있는 오빠한테 전보를 치겠다는 거야. 근데 도무지 주소가 기억나지 않는다지 뭐야. 그래서 주소도 없이 그냥 사라토프라고만 해서 전보를 보냈어. 아주머니는 자꾸 울기만 했지. 그런데 나는 아무 이유도 없이 쌀쌀하게 쏘아붙였어. "시간 없다니까요. 아까부터 말했잖아요."라고 말이야. 나 너무 잘못한 것 같아. 가장무도회 사람들이 오늘 우리 집에 오는 거야?

마샤   응.

이리나   (안락의자에 앉는다.) 좀 쉬고 싶어. 정말 피곤해.

투젠바흐   (미소 지으면서) 직장에서 일을 끝내고 퇴근하는 네 모습은 여전히 지친 어린아이 같아. (사이.)

이리나   너무 피곤해. 난 전신국이 싫어. 짜증 나 죽겠단 말이야.

마샤   그새 좀 야위었구나……. (휘파람을 분다.) 더 어려진 것 같기도 하고, 얼굴이 왠지 사내아이 같아졌어.

투젠바흐   머리 모양 때문이지, 뭐.

이리나 아무래도 다른 일을 찾아야겠어. 전신국은 나랑 안 맞아. 내가 그토록 바라고 꿈꾸던 게 없어. 시(詩)가 없이 그저 의미 없는 일들……. (마룻바닥을 두드리는 소리.) 의사 선생님이야. (투젠바흐에게) 저 대신 대답 좀 해 주세요. 도저히 피곤해서 못 하겠어요……. (투젠바흐가 마룻바닥을 두드린다.) 곧 올 거야. 무슨 방법이든 생각해 내야 해. 어제 의사 선생님과 안드레이가 클럽에서 또 돈을 잃었대. 안드레이는 200루블이나 탕진했대.

마샤 (무표정하게) 이제 와서 그걸 어쩌겠어!

이리나 2주일 전에도, 12월에도 잃었잖아. 차라리 빈털터리가 되면 이 도시를 좀 더 쉽게 떠날 수 있을 거야. 나 완전히 미쳤나 봐. 매일 밤 모스크바가 나오는 꿈을 꾼다니까. (웃는다.) 우린 6월에 이사 갈 테니까. 하지만 6월까지는 아직도……. 2월, 3월, 4월, 5월……. 아직 반년이나 남았네!

마샤 안드레이가 돈 잃었다는 얘기, 나타샤가 알게 해선 안 돼.

이리나 그 여자야 듣고도 아무 상관하지 않을 것 같은데.

식후에 한잠 자는 버릇이 있는 체부트이킨이 방금 침대에서 일어나 홀로 들어와서 턱수염을 쓰다듬는다. 그러고는 식탁에 앉아 주머니에서 신문을 꺼낸다.

마샤 드디어 나타나셨군……. 저 사람, 집세는 낸 거야?

이리나 (웃는다.) 아니, 여덟 달 동안 한 푼도 안 냈어. 새까맣게 잊어버렸나 봐.

마샤 (웃는다.) 근엄한 척 앉아 있는 저 꼴 좀 봐! (모두 웃는다. 사이.)

이리나 베르쉬닌, 왜 이렇게 조용하세요?

베르쉬닌 모르겠어요. 그저 차가 마시고 싶군요. 지금 심정은 차 한 잔을 위해서라면 목숨을 반쯤 내던져도 좋을 정도입니다! 아침부터 아무것도 먹지 않아서 말입니다…….

체부트이킨 이리나!

이리나 왜 그러세요?

체부트이킨 이리 와 보렴. Venez ici(프랑스어로 '이리 오렴.'이라는 뜻_옮긴이). (이리나가 가서 식탁에 앉는다.) 너 없이는 재미가 없구나. (이리나가 일인용 카드놀이에 맞게 카드를 늘어놓는다.)

베르쉬닌 어떻습니까? 차도 나오지 않는데 철학 토론이라도 해 봅시다.

투젠바흐 그러죠. 주제는 무엇인가요?

베르쉬닌 주제라……. 상상의 나래를 펼쳐 볼까요? 이를테면, 우리가 죽고 이삼백 년 뒤의 삶에 대해서 이야기해 보는 게 어떨까요.

투젠바흐 흠……. 우리가 죽고 난 뒤에 미래 사람들은 풍선 기구를 타고 하늘을 날아다니고, 외투 모양도 지금과 달라지겠죠. 어쩌면 여섯 번째 감각을 발견하여 그것을 더욱 신장시킬 수도 있지요. 하지만 사는 건 마찬가지일 겁니다. 지금과 똑같이 힘들기도 하고 알 수도 없고 또한 행복이 가득하겠지요. 그래서 천 년 뒤의 인간도 "아아, 산다는 건 힘든 일이야." 하고 탄식할 겁니다. 그리고 지금과 마찬가지로 인간은 죽음을 두려워하고 죽기를 원치 않을 겁니다.

베르쉬닌 (잠시 생각하더니) 난 잘 모르겠군요……. 내가 보기엔, 세상의 모든 것은 서서히 변화해야 하고, 지금 이 순간에도 우리 세상은 변해 가고 있습니다. 이백 년, 삼백 년, 아니 천 년이 지나면, 물론 얼마나 미래인가는 중요치 않지만, 행복한 새 인생이 찾아올 겁니다. 물론 우리가 그런 새 인생을 겪어 볼 순 없겠지만, 우리는 미래의 삶을 창조하는 과정에 있지요. 그래서 지금 우리가 살고 있고, 노동하고 있고, 또 괴로워하고 있는 것이겠죠. 거기에 우리의 존재 의미가 있고, 또 우리의 행복이 있는 겁니다. (마샤가 조용히 웃는다.)

투젠바흐 왜 웃어?

마샤 저도 모르겠어요. 오늘은 하루 종일 웃음이 나네요.

베르쉬닌 나도 당신과 같은 학교를 나왔지만, 육군사관학교엔 진학하지 않았습니다. 독서는 좋아하긴 하는데, 책을 고르는 안목이 없어서 어쩌면 꼭 필요한 책은 못 읽을지도 모르지요. 하지만 나이가 들수록 지식욕이 더 커지고 있어요. 지금은 머리가 새어 가는 늙은이나 마찬가지지만 여전히 아는 게 별로 없답니다. 아, 정말 없어요! 하지만 가장 중요한 한 가지는 분명히 알고 있습니다. 어떻게 증명해야 할까요. 그러니까 우리를 위한 행복이란 없고, 있을 수도 없으며, 앞으로도 영영 없을 거라는 사실입니다……. 우리는 그저 일을 하고 또 일을 해야 해요. 행복이란 건 우리의 먼 후손들의 것입니다. (사이.) 나는 못 누리더라도, 적어도 내 후손들은 행복을 누릴 수 있을 겁니다.

페도티크와 로데가 홀에 나타난다. 그들은 앉아서 작은 목소리로 노래를 부르고 기타를 친다.

투젠바흐 당신 말씀대로라면, 우리는 행복을 꿈도 꾸지 말아야겠네
요! 하지만 지금 난 행복하다면요?

베르쉬닌 그럴 리가요.

투젠바흐 (손뼉을 치며 웃으면서) 우린 분명 서로를 이해하지 못하고
있어요. 자, 어떻게 당신을 납득시킬 수 있을까요? (마샤가 조용히
웃는다. 그녀를 향해 손가락을 들어 올려 보이며) 실컷 웃어 보세요!
(베르쉬닌에게) 이삼백 년 뒤가 아니라, 백만 년 뒤라 해도 인생은
지금과 하나도 달라지지 않을 겁니다. 우리가 결코 이해할 수 없
고 우리와는 아무 관련이 없는 법칙! 그 법칙에 따라 인생은 똑같
은 모습으로 그렇게 흘러갈 겁니다. 철새, 두루미를 예로 들어 얘
기해 볼까요? 그것들이 무슨 생각을 하는 것과는 관계없이 그것들
은 어디로, 왜 가는지도 모른 채 날고 있지 않습니까? 그들은 앞으
로도 그렇게 날 겁니다. 학들이 갑자기 철학적이 된다 한들 날기
를 멈추지 않는 한, 철학이니 뭐니 아무 소용도 없을 겁니다…….

마샤 그래도 조금은 의미 있지 않을까요?

투젠바흐 의미라……. 지금 눈이 내리고 있어. 여기에 무슨 의미가
있다고 생각해? (사이.)

마샤 인간은 믿음을 가져야 해요. 없다면 찾아야 합니다. 믿음이 없
으면 우리의 인생은 그저 공허할 뿐입니다……. 왜 학이 날아가는
지, 무엇 때문에 아이들이 태어나는지, 왜 하늘에 별이 떠 있는지
모르고 살아가야 한다니……. 사람은 무엇을 위해 사는지 알아야

해요. 그렇지 않다면 모든 게 허무하고 부질없는 일이겠죠. (사이.)

베르쉬닌 청춘이 다 지나가고 나면, 마음이 아프게 될 거예요…….

마샤 고골의 작품에 이런 구절이 나오지요. "친구들, 이 세상은 정말 따분하군!"

투젠바흐 그렇다면 나는 이렇게 말하겠습니다. "친구들, 자네들과 논쟁하는 일은 정말 어렵다네!" 아, 이제 그만두죠. 이런 얘기…….

체부트이킨 (신문을 읽으면서) 발자크, 베르디체프에서 결혼을 했군. (이리나가 조용히 노래를 흥얼거린다.) 이건 수첩에 적어 둬야겠어. (적는다.) 발자크, 베르디체프에서 결혼이라……. (신문을 읽는다.)

이리나 (카드를 늘어놓다가 생각에 잠긴 표정으로) 발자크, 베르디체프에서 결혼이라…….

투젠바흐 내 운명은 이미 결정됐어. 마샤, 알고 있어요? 나는 퇴역 신청서를 냈어.

마샤 네, 들었어요. 하지만 딱히 잘하신 일은 아닌 것 같아요. 전 민간인은 좋아하지 않거든요.

투젠바흐 상관없어……. (일어선다.) 난 군인에 어울리는 풍채도 아니거든. 뭐, 아무렴 어때! 난 일을 할 거야. 평생에 단 하루만이라도 좋아! 저녁에 피곤에 지친 몸으로 집에 돌아와 침대에 쓰러지자마자 곧바로 잠들 만큼 일을 할 거야. (홀로 나가면서) 일을 실컷 하면 잠도 푹 잘 자겠지!

페도티크 (이리나에게) 방금 아가씨에게 주려고 모스크바 거리의 프이지코프네 가게에 가서 색연필을 샀어. 그리고 여기 작은 칼도…….

이리나   아직도 내가 아이로 보이시나 봐요. 이제 나도 다 컸어요…….

(색연필과 칼을 받고는 기뻐하면서) 아이, 예쁘다!

페도티크   내가 쓸 칼도 샀어……. 자, 봐……. 칼날이 하나, 둘,

셋……. 이건 귀이개, 이건 가위, 그리고 이건 손톱을 다듬는 데 쓰

는 거…….

로데   (큰 소리로) 군의관님, 올해 나이가 몇이세요?

체부트이킨   저요? 서른두 살이오. (웃음)

페도티크   그럼 제가 다른 카드 점을 쳐 드리죠……. (카드를 늘어놓

는다.)

사모바르가 나온다. 안피사가 사모바르 옆에서 시중을 든다. 잠시

후, 나타샤가 나와 식탁 주위를 바쁘게 움직인다.

솔료느이 등장, 사람들과 인사하고 식탁에 앉는다.

베르쉰   바람이 엄청나군요!

마샤   그러게요. 이젠 정말 겨울에 넌덜머리가 나요. 여름이란 게 어

떤 것인지 잊어버릴 정도라니까요.

이리나   점괘가 잘 나온 것 같아요, 그죠? 모스크바에 갈 수 있다죠?

페도티크   아니지, 잘 봐! 8이 스페이드 2 위에 있잖아. (웃는다.) 이건

모스크바에 못 간다는 뜻이야.

체부트이킨   (신문을 읽으면서) 치치하얼(북만주의 도시_옮긴이)에 천

연두가 퍼진 모양이군.

안피사 (마샤에게 다가오면서) 마샤, 차 좀 드세요. (베르쉬닌에게) 차 드십시오, 나리……. 죄송해요, 성함과 부칭을 잊었지 뭡니까…….

마샤 유모, 차를 이쪽으로 가져다주세요. 여기서 마실 테니.

이리나 유모!

안피사 네, 갑니다!

나타샤 (솔료느이에게) 갓난아기가 내 말을 정말 잘 알아듣는다니까요. "잘 잤니, 보비크? 잘 잤니, 우리 아가?" 하고 말하면, 그 아인 뭔가 아는 것처럼 날 바라본다니까요! 당신은 내가 엄마니까 이런 식으로 말한다고 생각하시겠지만, 정말 아니에요. 진짜예요! 우리 애는 정말 특별해요.

솔료느이 그 아이가 내 애였으면 프라이팬에 구워 먹었을 거야. (컵을 들고 응접실로 가더니 구석에 앉는다.)

나타샤 (두 손으로 얼굴을 가리고) 어쩜 저렇게 막돼먹은 말을.

마샤 지금이 여름인지 겨울인지 신경 쓰지 않는 사람은 행복할 것 같아요. 모스크바에 가면 날씨에 대해서 신경 쓸 일도 없겠죠.

베르쉬닌 얼마 전에 어느 프랑스 장관이 쓴 옥중일기를 읽었어요. 그는 파나마 사건으로 유죄 판결을 받은 사람이죠. 감옥 창문 밖으로 새들을 바라보면서 느꼈던 넘치는 감격과 기쁨을 묘사했더군요. 예전에 장관일 때는 그런 새 따위에는 관심도 없었는데 말이지요. 물론, 자유의 몸이 된 지금은 다시 새 따위는 그의 눈에 들어오지도 않을 겁니다. 그와 마찬가지로 당신도 정작 모스크바에 살게 되면 모스크바 따위는 눈에 들어오지도 않을 겁니다. 우리에게 행복은 없어요, 행복해질 수도 없고. 그저 행복을 갈망할 뿐이죠.

133

투젠바흐 (식탁에서 상자를 집어 든다.) 사탕은 어디 있지?

이리나 솔료느이 입으로 들어갔죠.

투젠바흐 다 먹었다고?

안피사 (찻잔을 차리면서) 나리, 편지가 왔습니다.

베르쉬닌 나한테? (편지를 받는다.) 내 딸이 보냈군⋯⋯. (읽는다.) 아
아, 그럴 줄 알았어⋯⋯. 마샤, 미안합니다. 먼저 일어나야겠네요.
차는 못 마시겠군요. (흥분한 듯이 일어선다.) 늘 이런 식이지⋯⋯.

마샤 무슨 일이에요? 비밀인가요?

베르쉬닌 (목소리를 낮추어) 아내가 또 음독을 했답니다. 가 봐야겠어
요. 다른 사람 몰래 살짝 빠져 나가야겠군요. 정말 끔찍하군. (마샤
의 손에 키스한다.) 우아하고 사랑스러운 나의 여인이여⋯⋯. 전 이
쪽으로 조용히 나가겠습니다⋯⋯. (나간다.)

안피사 그분은 어디 가신 거죠? 기껏 차를 내왔더니⋯⋯. 정말 이
상한 분이네.

마샤 (화를 내면서) 저리 비켜요! 유모가 자꾸 왔다 갔다 하니까 정
신이 하나도 없잖아요⋯⋯. (찻잔을 들고 식탁으로 간다.) 귀찮은 할
멈 같으니!

안피사 왜 그렇게 화를 내시는 거예요? 아가씨!

안드레이의 목소리 안피사!

안피사 (그의 목소리를 흉내 내어) 안피사! 저쪽에 떡하니 앉아서
는⋯⋯. (나간다.)

마샤 (홀의 식탁 옆에서 화를 내면서) 나도 좀 앉을래요! (식탁 위의 카
드를 마구 뒤섞어 버린다.) 식탁에 카드 판이나 가득 벌여 놓다니. 차

나 드세요!

이리나 왜 심술을 부리는 거야?

마샤 나 화났을 때는 말 시키지 마. 날 내버려 두라고!

체부트이킨 (웃으면서) 내버려 둬, 내버려 둬!

마샤 예순 살이나 먹고서도 여전히 아이 같군요. 제발 철 좀 드세요.

나타샤 (한숨 쉰다.) 마샤 아가씨, 왜 그렇게 험악하게 말하는 거죠? 솔직히 아가씨 말투만 조금 고치시면, 그 예쁜 얼굴로 상류 사교계 사람들을 사로잡을 텐데요. Je vous prie, pardonnez-moi, Marie, mais vous avez des manières un peu grossières(프랑스어로 '미안하지 만, 마샤, 당신의 언행은 다소 거칠어요.'라는 뜻_옮긴이).

투젠바흐 (웃음을 참으면서) 거기, 그거 줘 봐……. 거기…… 코냑이 있을 텐데…….

나타샤 Il Parait, que mon Bobik dejà ne dortpas(프랑스어로 '보비크 가 벌써 깼나 봐요.'라는 뜻_옮긴이) 깼네요. 오늘 우리 아이가 좀 아 파요. 가 볼게요. 실례할게요……. (나간다.)

이리나 베르쉬닌 씨는 안 보이네?

마샤 집에 가셨어. 아내한테 또 무슨 일이 생겼나 봐.

투젠바흐 (코냑 병을 들고 솔료느이한테 간다.) 늘 혼자 앉아 뭘 그리 생 각하고 있나? 무슨 생각을 하는지 통 알 수가 없단 말이야. 자, 우 리 화해하자. 코냑 한잔 어때? (마신다.) 난 오늘 밤새 피아노를 칠 거야. 물론 시시한 곡들만 연주하겠지만. 알게 뭐야!

솔료느이 뭘 화해해? 싸운 일도 없는데.

투젠바흐 자네를 보고 있으면 우리 관계가 어딘가 잘못된 게 아닐까

하는 생각이 자꾸 든단 말이야. 자네 성격은 확실히 이상해.

솔료느이 (웅변조로) 나는 이상하다. 그러나 이 세상에서 이상하지 않은 자는 누구인가! 노여워하지 말거라, 알레코여!

투젠바흐 여기서 알레코를 왜 나와? (사이.)

솔료느이 나는 누구하고든 단둘이 있으면 남들과 다를 바 없는 사람이야. 하지만 여러 명과 함께 있을 때에는 울적해지지……. 그래서 온갖 터무니없는 소리만 지껄이게 돼. 하지만 동시에 난 어떤 사람보다 더 양심적이고 정직하단 말이야. 증명할 수 있다고.

투젠바흐 다른 사람들과 있을 때 자네가 늘 나를 놀려 댔기 때문에 자네한테 자주 화가 났어. 그래도 난 자네가 싫지는 않아. 뭐 어떻든 오늘은 코가 삐뚤어지게 같이 한번 마셔 보자고!

솔료느이 좋아. (그들은 술을 마신다.) 남작, 난 자네한테 한 번도 반감을 품은 적이 없네. 하지만 내겐 레르몬토프(미하일 레르몬토프 [1814~1841]. 러시아 낭만주의 시인_옮긴이) 같은 기질이 있어. (목소리를 낮추어) 정말로 내가 레르몬토프와 닮았다는 얘기를 들은 적까지 있다고……. (주머니에서 향수병을 꺼내 두 팔에 뿌린다.)

투젠바흐 난 전역할 거야. 더 이상은 못 해 먹겠어! 오 년이나 고민하던 끝에 내린 결정이야. 앞으로는 일을 할 거야.

솔료느이 (웅변조로) 노하지 말지어다. 알레코여……. 잊어라, 잊을지어다. 그대의 꿈을……(푸시킨의 서사시 〈집시〉 중 1절.)

그들이 말하는 동안 안드레이가 책을 들고 조용히 들어와 촛불 옆에 앉는다.

투젠바흐 난 일을 할 거라고.

체부트이킨 (이리나와 응접실로 걸어오면서) 요리도 진짜 카프카즈식
이였어. 양파 수프에, 고기로 만든 체하르트마가 메인 요리로 나
왔지.

솔료느이 체르므샤는 고기가 아니라, 이곳의 양파와 비슷한 채소
예요.

체부트이킨 아니야, 이 사람아. 체하르트마는 양파가 아니라, 특별한
방식으로 구운 양고기 요리야.

솔료느이 체르므샤는 양파라니까요.

체부트이킨 체하르트마는 양고기라니까.

솔료느이 양파라니까요.

체부트이킨 자네와 입씨름해 뭘 하겠나. 자넨 카프카즈에 가 본 적
도, 체하르트마를 먹어 본 일도 없을 텐데.

솔료느이 도저히 못 먹겠어서 안 먹었을 뿐입니다. 지독한 마늘 냄
새가 나거든요.

안드레이 (애원하듯) 이제 그만하시죠, 여러분! 제발요!

투젠바흐 무도회 사람들은 언제 오지?

이리나 9시에 오기로 했어요. 곧 도착하겠네요.

투젠바흐 (안드레이를 껴안고서 노래한다.) 아아, 나의 집이여, 나의 새
집이여…….

안드레이 (춤추면서 노래한다.) 단풍나무로 지은 새 집이여…….

체부트이킨 (춤춘다.) 창살이 달려 있는 내 집이여! (웃음)

투젠바흐 (안드레이에게 키스한다.) 제기랄, 한잔 들게, 안드레이. 툭

터놓고 마셔 보자고. 나도 자네와 함께 모스크바에 가서 대학에 들어갈 거야.

솔료느이 무슨 대학? 모스크바엔 대학이 두 개 있는데.

안드레이 모스크바엔 대학이 하나밖에 없는데.

솔료느이 아냐, 두 개 있다니까.

안드레이 그럼 셋이라고 해 두죠. 그게 좋겠군요.

솔료느이 모스크바엔 대학이 두 개라고! (소곤거리며 야유하는 소리) 모스크바엔 옛날 대학과 새로 생긴 대학, 이렇게 두 개가 있어. 내 말이 당신들을 화나게 하면 입을 다물겠네. 아니다, 그냥 내가 다른 방으로 가는 게 좋겠군……. (문을 열고 나간다.)

투젠바흐 브라보, 브라보! (웃는다.) 여러분, 시작합시다. 내가 피아노를 치겠어! 참 재미있는 친구야. 솔료느이 저 사람! (피아노 앞에 앉아서 왈츠를 연주한다.)

마샤 (혼자 왈츠를 춘다. 왈츠 박자에 맞춰 노래하듯이) 남작이 취했어, 남작이 취했어, 남작이 취했어(원문 발음은 바론 삐얀, 바론 삐얀, 바론 삐얀 하고 교묘하게 피아노의 음색을 흉내 내고 있다_옮긴이).

나타샤가 들어온다.

나타샤 체부트이킨! (체부트이킨에게 무언가 말하고는 조용히 나간다.)

체부트이킨이 투젠바흐의 어깨를 두드리고는 무언가를 속삭인다.

이리나　무슨 일이에요?

체부트이킨　이제 그만 헤어질 시간이야. 잘 가게.

투젠바흐　모두 좋은 밤 보내시길……. 난 이만 가 보겠네.

이리나　잠깐만요……. 가장무도회 사람들은 어떻게 하고요?

안드레이　(당황해하면서) 그들은 안 올 거야. 이리나, 나타샤가 그러는데 보비크가 많이 아프대, 그래서……. 사실, 난 잘 모르겠어. 아무래도 좋아.

이리나　(어깨를 으쓱하면서) 보비크가 많이 아프다고요?

마샤　뭐 한두 번 있는 일도 아니고. 나가라는데 나가 줘야지. (이리나에게) 보비크가 아픈 게 아니라, 저 여자가 아픈 거야……. 여기가 말이야! (손가락으로 이마를 두드린다.) 속 좁고 천박한 여자!

안드레이가 오른쪽 문을 통해 자기 방 쪽으로 걸어간다. 체부트이킨이 그의 뒤를 따르고, 홀에서 두 사람이 작별인사를 나눈다.

페도티크　정말 아쉽네요! 밤새 신 나게 놀아 볼 생각이었는데, 하지만 아이가 아프다니……. 내일 아이에게 장난감을 가져다줘야겠군요…….

로데　(큰 소리로) 밤새 춤추려고 일부러 일찍 식사하고 나서 낮잠까지 자고 왔는데. 이제 겨우 9시밖에 안 됐단 말이에요!

마샤　우선 밖으로 나가서 어떻게 할지 얘기해 보죠.

작별인사를 나누는 소리와 투젠바흐의 유쾌한 웃음소리가 들린다.

그리고 모두 퇴장한다. 안피사와 하녀가 식탁을 치우고 등불을 끈다. 이어서 유모의 노랫소리가 들린다. 외투를 입고 모자를 쓴 안드레이와 체부트이킨이 조용히 나타난다.

체부트이킨　난 결혼할 시간이 없었네. 인생은 정말 번쩍하고 빠르게 흘러가더군. 더군다나 그땐, 이미 남의 아내가 되어 버린 자네 어머니를 너무나 사랑했기 때문에⋯⋯.

안드레이　결혼은 안 하는 게 좋은 것 같아요. 인생이 지루하고 따분해지거든요.

체부트이킨　그럴지도 모르지. 근데 이 외로움은 어찌할 텐가? 넌 모르겠지만, 고독은 정말 무서운 거야. 뭐, 이제 와서 이런 말이 무슨 소용이람.

안드레이　어서, 어서 가요.

체부트이킨　서두르지 않아도 돼. 시간은 많아.

안드레이　아내에게 잡힐까 봐 걱정돼서요.

체부트이킨　아!

안드레이　난 오늘 함께하진 않을 거예요. 그냥 앉아서 구경만 할게요. 몸이 안 좋아요⋯⋯. 자꾸 숨이 차는데, 어떻게 하면 좋죠?

체부트이킨　글쎄, 모르겠구나. 기억이 안 나. 잘 모르겠어.

안드레이　부엌으로 빠져나가요.

종이 연이어 울린다. 종소리에 섞여 사람들의 목소리와 웃음소리가 들린다.

이리나 (들어온다.) 누가 온 거지?

안피사 (속삭이는 목소리로) 가장무도회 사람들이 왔나 봐요.

종소리.

이리나 유모, 미안하지만 집에 아무도 없다고 말해 줘요.

안피사가 나간다. 이리나는 생각에 잠겨 방 안을 여기저기 돌아다닌다. 그녀는 흥분한 상태이고, 솔료느이가 들어온다.

솔료느이 (의아한 얼굴로) 아무도 없네? 다 어디 갔어?

이리나 집에 돌아갔어요.

솔료느이 이상하군. 그럼 너 혼자 여기 있니?

이리나 네. (사이.) 안녕히 가세요.

솔료느이 아까는 내가 이성을 잃고 눈치 없게 행동했지. 하지만 넌 다른 사람들과는 달라. 넌 순수하고 고상한 사람이니 나의 진실을 알아주겠지. 날 이해할 수 있는 사람은 오직 너뿐이야. 사랑해. 진심으로, 한없이 사랑해…….

이리나 이만 가세요! 돌아가실 시간이에요.

솔료느이 너 없이는 살 수 없어. (그녀의 뒤를 따라가면서) 넌 나의 기쁨이고! (울먹이는 목소리로) 넌 나의 행복이야! 너의 눈, 이렇게도 반짝이는구나. 이렇게 아름다운 눈을 가진 여인을 본 적이 없어.

이리나 (냉정하게) 그만해요, 솔료느이 씨!

솔료느이　지금 난 난생처음 사랑 고백을 하고 있어. 내 몸이 마치 지구가 아닌 외계 행성에 와 있는 것 같아. (이마를 문지르며) 뭐, 상관없어. 어차피 사랑을 강요할 수는 없으니까. 하지만 널 좋아하는 놈들은 가만두고 보진 않겠어. 그럴 순 없지…… 하느님께 맹세코, 널 탐내는 남자가 있다면 누구든 죽여 버릴 거야……. 오, 내 사랑!

나타샤가 양초를 들고서 방을 지나간다.

나타샤　(이 문 저 문을 들여다보고 남편의 방문을 지나친다.) 안에 안드레이가 있군. 책을 읽도록 그냥 내버려 둬야지. 어머, 바실리 바실리예비치, 실례해요. 여기 계신 걸 모르고 잠옷 차림으로 이렇게…….

솔료느이　난 상관없어. 그럼 이만! (나간다.)

나타샤　피곤해 보여요, 가여운 이리나 아가씨! (이리나에게 키스한다.) 일찍 주무시는 게 좋겠어요.

이리나　보비크는 잠들었어요?

나타샤　네, 하지만 깊이 못 자네요. 마침 잘 됐어요, 할 얘기가 있거든요. 늘 아가씨가 집에 없거나 내가 바빠서……. 보비크가 쓰는 방은 너무 좁고 눅눅해요. 아가씨 방이 보비크한테 딱 좋을 거 같아서요. 그러니까, 이리나 아가씨, 당분간만 올가 방에서 지내 주시면 안 될까요?

이리나　(이해하지 못하고) 어디서 지내라고요?

세 마리 말이 끄는 트로이카 썰매가 방울을 울리며 집 쪽으로 달려오는 소리가 들린다.

나타샤   얼마 동안만 아가씨와 올가가 함께 방을 쓰고 아가씨 방은 보비크에게 내주시면 안 되냐는 말이에요. 우리 보비크는 너무나 귀여운 아이예요. 오늘 내가 "보비크, 우리 아들! 우리 아들!" 하고 말했더니, 그 귀여운 두 눈으로 나를 뻔히 쳐다보질 않겠어요? (초인종 소리) 분명 올가일 거예요. 너무 늦었군요!

하녀가 나타샤에게 다가와 귓속말을 한다.

나타샤   프로토포포프가? 정말 엉뚱한 사람이군. 프로토포포프가 와서 함께 썰매를 타자며 나를 부르고 있다네요? (웃는다.) 정말 이상한 사람이야……. (초인종 소리) 누가 왔나 봐요. 흠. 15분만 타고 올까……. (하녀에게) 곧 나간다고 전해 줘. (초인종 소리) 아가씨도 들었죠? 이번엔 분명 올가일 거예요……. (나간다.)

하녀가 달려 나간다. 이리나는 생각에 잠겨 앉아 있다. 쿨르이긴과 올가, 그 뒤를 따라 베르쉬닌이 들어온다.

쿨르이긴   어찌된 거지? 가장무도회가 있다고 들었는데.
베르쉬닌   이상하군요. 30분 전만 해도 다들 가장무도회 사람들을 기다리고 있었어요…….

이리나 모두 갔어요.

쿨르이긴 마샤도 갔어? 어디로 갔지? 그리고 프로토포포프는 왜 집 앞에서 썰매에 앉아 누굴 기다리고 있지? 누굴 기다리는 거냐고?

이리나 나한테 묻지 마세요……. 피곤해요.

쿨르이긴 그거 참, 성질은…….

올가 교사 회의가 이제야 끝났어. 나 지쳐 버렸어. 교장 선생님이 병이 나서 내가 대신 업무를 맡고 있어. 머리, 머리가 아파……. 아이고, 머리야. (앉는다.) 안드레이는 어제 카드 판에서 해서로 200루블이나 잃었대……. 온 도시에 소문이 다 났어…….

쿨르이긴 그래. 나도 교무 회의 때문에 기진맥진이야. (앉는다.)

베르쉬닌 아내가 나에게 겁주려고 음독자살을 기도했어요. 하마터면 진짜로 먹을 뻔했어요. 다행히 별일은 없었네요. 이제 겨우 한숨 돌리는 중입니다……. 그런데 이제 돌아가야겠군요. 자, 안녕히 계십시오. 쿨르이긴 씨, 어디든 가서 나와 한잔 마시러 갑시다! 집엔 돌아가지 않겠어요. 도저히 그럴 마음이 아니에요……. 함께 갑시다!

쿨르이긴 난 피곤해요. 그냥 집에 가겠습니다. (일어난다.) 아, 피곤해. 마샤는? 집으로 간 거야?

이리나 아마 그럴 거예요.

쿨르이긴 (이리나 손에 키스한다.) 안녕. 내일과 모레는 종일 쉴래. 잘 있어! (가려다가) 그런데 차가 엄청 마시고 싶군. 오랜만에 사람들과 하룻밤 즐기고 싶었다고. Fallacem hominum spem!(라틴어로 '오, 덧없는 인간의 희망이여!'라는 뜻_옮긴이) 감탄문에는 대격

144

(對格)을 써야지…….

베르쉬닌 그럼 혼자라도 마셔야겠군. (휘파람을 불면서 쿨르이긴과 함께 나간다.)

올가 아이고, 머리야……. 안드레이 오빠가 돈을 잃었대……. 온 동네에 소문이 퍼졌어……. 가서 자야겠어. (가려다가) 내일은 쉬는 날이네. 정말로 기뻐! 내일도 쉬고, 모레도 쉬고……. 머리가 아파. 머리가……. (나간다.)

이리나 (혼자서) 모두 가 버렸네. 아무도 없어.

거리에서 아코디언 소리가 들리고, 유모는 아이를 달래면서 자장가를 부른다.

나타샤 (모피 외투에 모피 모자 차림으로 홀을 지나간다. 그녀의 뒤를 하녀가 따라간다.) 30분도 안 걸릴 거예요. 이 근처만 잠깐 달리다 돌아올 거예요. (나간다.)

이리나 (홀로 남아 우울함에 잠겨) 모스크바! 모스크바! 모스크바로!

-막-

3막

올가와 이리나의 방. 왼쪽과 오른쪽에 각각 침대가 있고 침대 주위는 칸막이로 가려져 있다. 새벽 2시가 넘은 시각. 무대 뒤에서 마을의 화재 경보가 울리고 있다. 화재는 한참 전부터 이어지고 있다. 집안사람들 가운데 잠자리에 든 사람은 아무도 없다. 평소처럼 검은 옷을 입은 마샤가 소파에 누워 있다. 올가와 안피사가 들어온다.

안피사 그 애들은 아래층 계단 밑에 앉아 있어요. "여기 이렇게 있으면 안 되니까 이 층으로 올라가렴." 하고 말해 줘도 울기만 하면서 "아빠가 어디 있는지 몰라요. 하느님, 아빠가 불에 타 죽으면 안 돼요."라는 거예요. 아휴, 끔찍해라! 마당에도 사람들이 많았는데…… 다들 옷도 제대로 못 입었어요.

올가　(옷장에서 옷을 꺼낸다.) 유모, 이 회색 옷 받아. 이것도, 재킷도, 이 치마도……. 이게 웬 날벼락이야! 키르사노프 거리가 완전히 불에 타 버렸나 봐……. 이것도 챙겨. 이것도……. (유모의 팔에 옷을 던진다.) 가엾게도…… 베르쉬닌 댁 사람들도 몹시 놀랐을 거야. 하마터면 집이 불에 탈 뻔했어. 오늘 밤은 우리 집에서 주무시게 해 드려. 집에 가게 놔두면 안 돼……. 가엾은 페도티크네 집은 모든 게 다 타 버려서 아무것도 남지 않았다지…….

안피사　아가씨, 페라폰트를 부르는 게 좋을 것 같아요. 혼자 드는 건 무리예요.

올가　(종을 친다.) 아무리 종을 쳐도 오지 않잖아……. (문에 대고) 거기 아무도 없어요? (열린 문을 통해 화염으로 붉은 창문이 보인다. 소방대가 집 앞을 지나가는 소리가 들린다.) 어머나, 세상에! 정말 끔찍하구나!

페라폰트가 들어온다.

올가　이걸 아래로 옮겨야 해. 계단 아래에 콜로틸린 씨네 어린 아가씨들이 있어……. 그들에게 이걸 입혀 줘. 이것도 주고…….

페라폰트　네, 아가씨. 1812년에도 모스크바에 큰 불이 났지요. 하느님, 우리를 보살펴 주소서! 그때는 프랑스군도 기겁을 했으니까요.

올가　얼른 내려가.

페라폰트　네. (나간다.)

올가　다 갖다 줘, 유모. 우리에겐 아무것도 필요 없으니까, 모두

줘……. 나 너무 기진맥진이야. 서 있기도 힘들어. 베르쉬닌 식구
들은 돌려보내면 안 돼……. 여자애들은 응접실에서 재우고, 베르
쉬닌 씨는 아래층에 남작에게 데려다 드려. 페도티크도 남작 방
에, 아니 홀 쪽이 낫겠군……. 의사 선생님은 술에 잔뜩 취해 있으
니까 거기엔 아무도 보내지 마. 하필이면 오늘 같은 날 만취해 가
지고……. 베르쉬닌 부인도 응접실에서 주무시게 하는 게 좋겠어.

안피사 (지쳐서) 올가 아가씨, 부디 저를 내쫓진 말아 주세요!

올가 무슨 소리예요, 유모. 누가 유모를 내쫓는대요.

안피사 (올가의 어깨에 머리를 기댄다.) 우리 귀여운 아가씨, 난 언제나
몸이 부서져라 일하고 있어요……. 하지만 기운은 나날이 없어지
고, 그러니 다들 저보고 나가라고 하겠죠. 하지만 내가 갈 곳이 어
디겠어요? 내 나이 여든이에요. 여든한 살…….

올가 여기 잠시 앉아 있어요, 유모……. 너무 힘들어서 그래, 불쌍
해라……. (유모를 앉힌다.) 조금 쉬어요, 유모. 얼굴이 하얗게 질렸
어요.

나타샤가 들어온다.

나타샤 다른 사람들은 우리가 당장 팔 걷고 나서서 이재민 구제위
원회를 꾸려야 한다고 생각하나 봐요. 어때요? 괜찮은 생각 같아
요. 부자들은 가난한 사람들을 도와야 하니까요. 보비크와 소포츠
카는 아무 일도 없는 것처럼 곤히 잘 자고 있어요. 지금 집 안에는
오갈 데 없는 사람들로 꽉 찼네요. 요즘 시내에 독감이 돈다던데,

우리 아이들에게 옮기면 어떡하죠.

올가 (나타샤의 말을 듣지 않고) 이 방에서는 불길이 보이지 않으니, 평화롭군…….

나타샤 네……. 아, 내 머리 엉망이 되어 버렸겠지. (거울 앞에서) 나보고 예전보다 살쪘대요. 전혀 아닌데! 하나도 안 쪘는데! 어머 마샤는 지쳐서 곯아 떨어졌네요. 가엾어라……. (안피사에게 냉정하게) 지금 감히 내 앞에서 잘도 앉아 있다니! 어서 일어나요! 여기서 나가요! (안피사가 나간다. 사이.) 아가씨, 왜 아직도 저런 노파를 데리고 있는 거죠? 난 정말 모르겠어요.

올가 (놀란 표정으로) 미안하지만, 무슨 말을 하는 거죠?

나타샤 이 집안에서 저 할멈은 아무 쓸모도 없어요. 시골에서 온 할멈은 시골로 돌아가야죠……. 제 분수도 모르고! 난 이 집안을 정리할 필요가 있다고 생각해요! 쓸모없는 인간들은 더 이상 필요 없어요. (올가의 뺨을 어루만진다.) 불쌍한 아가씨, 많이 피곤해 보이네요. 미래의 교장 선생님이 이렇게 힘들어 하시다니! 우리 소프츠카가 자라서 고등학교에 가면 나도 아가씨에게 쩔쩔 매겠죠.

올가 난 교장 같은 건 안 할 거예요.

나타샤 결국 교장으로 선출될 거예요, 올가. 이미 확정된 거나 다름없어요.

올가 난 사양할 거예요. 내 능력 밖이니까. 나한텐 버거운 일이에요……. (물을 마신다.) 아까 올케는 유모에게 너무한 거 아닌가요? ……. 미안하지만, 난 그런 꼴 못 봐요. 화가 나서 눈앞이 캄캄해질 정도예요.

나타샤 (당황하여) 미안해요, 올가. 용서해 줘요……. 일부러 괴롭히려고 그런 건 아니에요.

마샤가 일어서더니 화가 나 씩씩거리며 베개를 집어 들고 나간다.

올가 올케, 명심해요……. 우리가 유별나게 자라서인지는 모르겠지만, 난 그래도 이런 일은 그냥 봐 줄 수가 없군요. 그렇게 구는 걸 보면 괴로워서 병이 날 지경이라고요……. 마음이 아파서…….

나타샤 미안해요, 미안해요……. (올가에게 키스한다.)

올가 아무리 작은 일이라도 무례한 행동이나 거친 말을 들으면 나는 못 참겠어요.

나타샤 가끔 제가 쓸데없는 말을 한다는 것은 저도 알아요. 하지만 아가씨, 내 말도 좀 들어 봐요. 그런 할멈은 시골로 돌아가야 해요.

올가 유모는 우리 집에서 일한 지가 벌써 삼십 년이에요.

나타샤 하지만 이젠 일도 제대로 못 하잖아요. 아가씨와 나, 서로가 이해를 못 하는 것 같은데. 이제 그 할멈은 무용지물이라고요. 그저 잠이나 자고 앉아만 있기만 한다니까요.

올가 그럼 그냥 앉아 있게 돼요.

나타샤 (놀란 얼굴로) 앉혀 두라니요? 그 여잔 하녀예요. (울먹이는 목소리로) 난 정말 이해를 못 하겠어요. 우리 집에는 따로 유모도 있고, 애를 돌보는 여자도 있고…… 청소부도 있고, 요리사도 있어요. 대체 왜 저 할멈이 어디에 필요한 거죠?

무대 뒤에서 경보종이 울린다.

올가　하룻밤에 십 년은 늙은 느낌이야.

나타샤　올가 아가씨. 할 얘기는 마저 해야 할 것 같네요. 아가씬 주로
학교에서 시간을 보내고, 난 집에서 시간을 보내요. 아가씨의 일은
교육, 내 일은 집안일. 나는 이 집 하녀들에 대해서 얘기하고 있고
요. 하녀들에 대해서 잘 파악하고 있죠. 네, 아주 잘 알고 있죠. 당
장 내일이라도 저 늙은 도둑고양이를 여기서 쫓아낼 거예요…….
(발을 구른다.) 저 마녀 같은 할망구! 감히 나를 화나게 해? 더 이상
못 참아! (자신이 지나치게 흥분했다는 걸 깨닫고) 그래요, 아가씨가
아래층으로 방을 옮기지 않으면, 우린 늘 이렇게 싸우게 될 거예
요. 정말 끔찍한 일이죠.

쿨르이긴이 들어온다.

쿨르이긴　마샤는 어디 있지? 슬슬 집에 돌아가야 하는데. 불길이 거의
잡혀 간다더군. (기지개를 켠다.) 한 구역밖에 안 탔는데, 바람이 워낙
심해서 처음에는 온 도시가 타 버리는 줄 알았어. (앉는다.) 지쳤어. 사
랑스런 올가……. 난 가끔 마샤가 아니었다면 아마 당신과 결혼했을
거라고 생각하곤 하지. 당신은 정말 좋은 사람이야. 난 너무 지쳤어.
(귀를 기울인다.)

올가　네?

쿨르이긴　하필 이런 때 의사가 잔뜩 취해 있으니. 정말 재수도 없으

려니. (일어선다.) 그가 이리로 오는 것 같은데. 들려? 그래, 이쪽으로 오고 있군그래……. (웃는다.) 저 꼴 좀 보라지! 난 숨어 있어야겠어……. (문 쪽으로 가서 귀퉁이에 멈춰 선다.) 쓸모없는 인간 같으니라고!

올가 지난 이 년 동안 취하도록 마신 적 없으셨는데, 갑자기 저렇게 만취가 되도록 마시다니……. (나타샤와 함께 방 안쪽으로 피한다.)

체부트이킨이 들어온다. 술에 안 취한 척 비틀거리지도 않고 걸어오다가 멈춰 서서 주위를 둘러본다. 그러고는 세면대로 가서 손을 씻는다.

체부트이킨 (침울하게) 다들 악마한테 잡혀가라, 다 죽어 버려라……. 젠장……. 내가 의사니까 모든 병을 다 고칠 수 있을 거라고 생각하는 것 같은데, 난 정말 아는 게 없다고. 알던 것도 다 잊어버렸고, 아무것도 생각 안 나! 정말 아무것도. (올가와 나타샤가 그가 알아채지 못하게 밖으로 나간다.) 젠장. 지난 수요일에 자스프에 사는 어떤 여자를 기껏 치료했는데 결국 죽어 버렸다. 나 때문에 그 여자가 죽었다고. 그래……. 이십오 년 전만 해도 뭔가 알고 있었는데 지금은 아무것도 모르겠어. 하나도 생각나지 않아. 어쩌면 난 사람이 아니라 그저 팔, 다리, 머리 달린 허수아비인지도 몰라. 어쩌면 나는 아예 존재하지 않는지도 몰라. 그냥 걸어 다니고 먹고 자는 유령 같기도 해. (운다.) 내가 존재하지 않는다면! (우는 걸 멈추고 음울하게) 뭔 상관이야……. 그저께 클럽에서는 다들 셰익스피어니 볼

테르니 하며 지껄였지……. 하지만 난 읽어 본 적이 없어. 전혀 읽은 적 없지만, 마치 읽은 것 같은 얼굴을 하고 있었어. 그들도 나랑 똑같아. 저속하고 비열하지! 그러다 수요일에 실수로 내가 죽인 여자가 생각났어……. 그러더니 온갖 생각이 다 떠오르면서 모든 게 역겹고, 추악하고, 뒤틀려 보이기 시작하더라고……. 그래서 술을 마셨지…….

이리나, 베르쉬닌 그리고 투젠바흐가 들어온다. 투젠바흐는 최신 유행의 평상복을 입고 있다.

이리나 여기 앉읍시다. 이곳엔 아무도 오지 않을 거예요.

베르쉬닌 군인들이 없었으면 도시가 다 타 버렸을 겁니다. 정말 훌륭했어! (만족해하면서 두 손을 비빈다.) 진짜 군인들이야! 정말 잘했어!

쿨르이긴 (그들에게 다가가면서) 지금 몇 시죠?

투젠바흐 벌써 3시가 넘었어. 곧 날이 밝을 거야.

이리나 다들 홀에 앉아서 아무도 돌아갈 생각을 안 하네요. 솔료느이 씨도 저쪽에 앉아 있고……. (체부트이킨에게) 군의관님, 이제 가서 주무세요.

체부트이킨 난 괜찮다……. 고맙구나. (턱수염을 쓰다듬는다.)

쿨르이긴 (웃는다.) 술을 많이 드셨군요, 의사 선생! (그의 어깨를 툭 치며) 브라보! 고대인들이 말했죠, In vino veritas(라틴어로 '술 속에 진리가 있노라.'라는 뜻_옮긴이).

투젠바흐　사람들이 나에게 이재민을 위한 모금 음악회를 열라고 부탁하더군.

이리나　그걸 누가 해요?

투젠바흐　그야 하려고 하면 못 할 것도 없지. 내가 보기에 마샤의 피아노 실력은 훌륭하니까.

쿨르이긴　맞아, 대단하지!

이리나　이젠 다 잊어버렸어요. 피아노 안 친 지가 벌써 삼 년, 아니, 사 년도 넘었는걸요.

투젠바흐　이 도시에는 음악을 이해하는 사람이 단 한 사람도 없어. 하지만 난 음악을 들을 줄 알지. 장담하건대, 마샤의 피아노 솜씨는 거의 천재적이라고.

쿨르이긴　그럼요, 남작. 난 마샤를 무척 사랑하고 있지요. 대단한 여자예요.

투젠바흐　이렇게 알아주는 사람 하나 없어도 멋진 재능을 가졌다니!

쿨르이긴　(한숨을 내쉰다.) 그래요……. 그렇지만 그녀가 음악회에 나가는 게 정말 괜찮은 일일까요? (사이.) 여러분, 난 잘 모르겠군요. 뭐 어쩌면 별일 없을지도 모르죠. 사실 우리 교장 선생님은 훌륭한 분입니다. 매우 세련되고 지적인 분이시죠. 다만 그분의 사고방식 때문에 이건 좀……. 물론 그분이 관여할 바는 아니지만…… 어쨌건 원하신다면 뭐, 교장 선생님께 한번 이야기를 해 볼 수도 있지요.

체부트이킨이 중국식 도자기 시계를 들고 살펴본다.

베르쉬닌　화재 현장에 있어서인지 온통 그을음투성이에요. 정말 볼 만하구먼. (사이.) 어제 얼핏 들은 얘기인데, 우리 여단이 어디 먼 곳으로 옮길 계획이라고 합니다. 몇몇은 폴란드로 간다고 하고, 몇몇은 치타로 간다고도 합니다.

투젠바흐　나도 들었어요. 그러면 이제 이 도시는 텅 비겠군요.

이리나　우리도 떠날 거예요.

체부트이킨　(시계를 떨어뜨린다. 시계가 부서진다.) 박살 났군! (사이. 모두가 놀라고 당황스러워한다.)

쿨르이긴　(조각들을 주우며) 이렇게 귀한 걸 깨뜨리다니. 아아, 이반 로마노비치, 이반 로마노비치! 사람이 왜 이리 칠칠맞습니까!

이리나　그 시계는 돌아가신 어머니 유품이란 말이에요.

체부트이킨　그랬나……. 어머니 시계라면 어머니 시계가 맞겠지. 어쩌면 내가 깨뜨린 게 아니라, 내가 깨뜨린 것처럼 보일 뿐일 수도 있지. 어쩌면 우리도 존재하는 것처럼 보일 뿐, 실제로는 존재하지 않을지도 몰라. 난 아무것도 몰라. 아니, 이 세상에 누가 아는 사람이 있겠소. (문 옆에 서서) 다들 뭘 보는 거지? 나타샤는 프로토포포프와 놀아났는데, 당신들은 아무것도 못 보는군……. 아무것도 모른 채 여기 이렇게들 앉아 있을 뿐이지. 나타샤는 프로토포포프와 놀아났는데……. (노래한다.) "당신에게 무화과를 드려도 될까요? ……"(나간다.)

베르쉬닌　그래……. (웃는다.) 정말 처음부터 끝까지 모두 말도 안 되는 일뿐이야! (사이.) 불이 났을 때 나는 급히 집으로 달려갔는데 다행히 우리 집은 무사하더군요. 사람들이 정신없이 돌아다니고,

개와 말도 겁에 질려 이리저리 날뛰는데 내 어린 두 딸은 속옷 차림으로 문가에 서 있었고, 애들 엄마는 어디 갔는지 보이지도 않았어요. 아이들 얼굴은 불안과 두려움으로 가득 차 있었지요. 너무나 절박하게 도움을 구하고 있었어요. 그 표정을 보니 가슴이 미어지는 것 같았습니다. 아아, 우리 아이들은 앞으로 기나긴 세월 동안 괴로움 속에서 살겠구나! 이런 생각이 들더군요. 그리고 난 애들 손을 붙잡고 달렸지요. 달리는 내내 머릿속엔 그 생각뿐이었습니다. 아이들이 앞으로 헤쳐 나가야 할 역경을요. (사이.) 그런데 이곳에 와 보니 애들 엄마는 벌써 여기에 와 있더군요. 날 보더니 오히려 소리를 지르고 화를 내더군요. (마샤가 베개를 들고 들어와 소파에 앉는다.) 우리 딸들이 속옷 바람으로 문가에 서 있고, 거리는 불길로 벌겋게 물들고, 무시무시한 소리가 들릴 때, 내 머릿속에는 예전에도 이와 비슷한 광경이 떠올랐습니다. 적들이 갑자기 마을에 쳐들어와 약탈하고, 불을 질렀지요……. 하지만 오늘과 그때의 일에는 분명 엄청난 차이가 있지요! 또 좀 더 세월이 흘러서, 그러니까 앞으로 이백 년이나 삼백 년 후의 사람들은 지금 우리의 삶에 대해 경악하며 비웃는 듯한 눈길로 바라볼 것입니다. 미래에는, 오늘날의 모든 것이 기묘하고, 거칠고, 이상하고, 불편해 보일 거예요. 아, 얼마나 아름다운 미래가 올까요! (웃는다.) 죄송합니다, 또다시 개똥철학을 늘어놓고 말았군요. 하지만 여러분, 더 이야기하고 싶군요. 오늘은 이런 얘기를 하고 싶습니다. (사이.) 우리는 모두 잠들어 있는지도 모르지요. 다시 한 번 말하지만, 얼마나 아름다운 세상이 올까요! 생각해 봐요……. 당신 같은 사람들이 지금은 이

도시에 세 명뿐이지만, 다음 세대, 그리고 그다음 세대에는 그 숫자가 점점 더 불어나서 언젠가는 모두가 여러분처럼 되고, 여러분처럼 살게 되는 때가 올 것입니다. 그렇게 변해 가는 사이 당신 같은 사람들도 나이가 들고, 우리보다 더 나은 새로운 사람들이 계속 태어날 것입니다……. (웃는다.) 오늘따라 기분이 이상하군요. 나는 살고 싶어요……. (노래한다.) "사랑에는 나이의 구별 없나니, 그 고통은 값지도다……."

마샤 트람 – 탐 – 탐…….

베르쉬닌 탐 – 탐…….

마샤 트라 – 라 – 라?

베르쉬닌 트라 – 타 – 타. (웃는다.)

페도티크가 들어온다.

페도티크 (춤춘다.) 불탔노라, 불탔노라! 내가 가진 모든 것 깡그리 불타 버렸노라! (웃음.)

이리나 웃을 일이 아니에요. 정말로 다 타 버렸어요?

페도티크 (웃는다.) 홀랑 다 타 버렸어. 아무것도 안 남았어. 기타도, 사진도, 편지도 모조리……. 너에게 주려던 수첩마저 다 타고 없어졌지.

솔료느이가 들어온다.

이리나 바실리 바실리예비치, 안 돼요. 제발 나가 주세요. 여기로 오
시면 안 돼요.

솔료느이 남작은 와도 되고, 나는 안 되는 건가?

베르쉬닌 우리도 막 나가려던 참입니다. 불은 어떤가요?

솔료느이 슬슬 불길이 잡혔다고 합니다. 그런데 정말로 이상하군.
왜 남작은 되고, 나는 안 되지? (향수병을 꺼내서 뿌린다.)

베르쉬닌 트람 – 탐 – 탐.

마샤 트람 – 탐.

베르쉬닌 (웃으면서 솔료느이에게) 홀로 가시죠.

솔료느이 네. 분명히 해 두면 좋긴 한데, 일단은 거위들의 신경을 건
드릴 필요가 없으니…… . (투젠바흐를 보면서) 쯧, 쯧, 쯧…… .

베르쉬닌, 페도티크와 함께 나간다.

이리나 솔료느이가 왔다 가면 방 안에 담배 냄새가 가득하다니까!
(놀라면서) 어머, 남작님이 주무시네! 남작님, 일어나세요.

투젠바흐 (깨어 일어나) 피곤하군…… . 벽돌 공장에서…… 잠꼬대하
는 게 아니라, 난 정말 벽돌 공장에서 일할 생각이야…… . 이미 얘
기가 다 끝났어. (이리나에게 다정하게) 넌 어쩜 이렇게도 청초하고
아름답고 매력적일까…… . 너의 하얀 얼굴이 어둠 속에서 은은히
빛나는군. 넌 지금의 삶에 우울해하고, 불만족스러워하니 나와 함
께 가자. 나와 함께 일하자.

마샤 니콜라이 리보비치, 나가 주세요.

투젠바흐   (웃으면서) 너도 여기 있었구나. 몰랐어……. (이리나의 손에 키스한다.) 그럼, 이제 난 가 볼게. 지금 널 보고 있으니 예전 너의 생일에, 일하는 기쁨에 대해서 얘기했던 게 떠오르는구나. 그때의 넌 활기차고 자신만만했잖아. 나도 당시엔 행복한 인생을 꿈꿨지! 그것은 지금 다 어디로 갔지? (이리나의 손에 키스한다.) 눈물이 고여 있군. 눈 좀 붙여. 곧 동이 트고 아침이 오겠지. 널 위해 내 목숨을 바칠 수 있다면 얼마나 좋을까!

마샤   니콜라이 리보비치, 당장 가세요! 정말 심하네요.

투젠바흐   알았어, 갈게……. (나간다.)

마샤   (누우면서) 당신 자요?

쿨르이긴   왜?

마샤   여기서 주무시지 말고 집에 가서 주무세요.

쿨르이긴   사랑하는 마샤, 나의 소중한 마샤…….

이리나   언니는 지쳐 있어요. 좀 쉬게 해 주세요.

쿨르이긴   곧 가야지……. 귀엽고 사랑스런 내 아내……. 사랑해, 하나뿐인 내 사랑…….

마샤   (화난 목소리로) Amo, amas, amat, amamus, amatis, amant('사랑하다'를 뜻하는 라틴어 동사 'amare'의 인칭변화형을 열거한 것이다_옮긴이).

쿨르이긴   (웃는다.) 아니, 당신은 정말 대단한 여자야. 벌써 결혼한 지 칠 년이 지났는데도 바로 어제 결혼한 것 같아. 당신은 정말 놀라운 여자야. 나는 만족해! 아주 만족해!

마샤   아아, 이젠 지겨우니 그만 좀 해요……. (일어났다가 다시 앉으며) 머릿속에서 이 생각이 떠나질 않아……. 정말 속상해요. 얘기라도 하지 않으면 답답해 미칠 것 같아요. 안드레이 오빠 말이에요……. 오빠가 은행에 이 집을 저당 잡혔고, 그 돈은 몽땅 올케가챙겼대요. 하지만 이 집은 오빠만의 소유가 아니라, 우리 네 사람모두의 소유 아닌가요? 오빠도 제정신이라면 그 정도는 알고 있을 텐데!

쿨르이긴　마샤, 그만해! 왜 그런 것까지 신경 쓰고 있어? 어차피 안드레이는 여기저기에 빚을 지고 있어. 그러니 그냥 내버려 둬.

마샤　정말 화나서 미쳐 버릴 지경이에요. (눕는다.)

쿨르이긴　그래도 우리는 가난하지 않아. 나는 일하고 있어. 고등학교에서 일하고 개인 과외도 하고 있어……. 나는 성실하다고. 말하자면, Omnia mea mecum potto(라틴어로 '전 재산을 몸에 지니고 다니는'이라는 뜻_옮긴이) 사람이랄까.

마샤　뭘 얻자고 이러는 게 아니에요. 옳지 않은 일이기 때문에 화가나는 거예요. (사이.) 이제 그만 가세요, 표도르.

쿨르이긴　(아내에게 키스한다.) 피곤해 보이니 30분 정도라도 눈 좀붙여. 밖에서 기다릴게. 눈 좀 붙이라고……. (걸어가면서) 나는 만족해. 나는 만족해. 아주 만족해. (나간다.)

이리나　안드레이 오빠는 엉망이 돼 버렸어. 그 여자와 결혼하고 나서부터 늘어지고 무기력해졌다고! 교수를 꿈꾸던 사람이 지금은고작 자치구의원이 되었다고 자랑이나 하고 있으니. 오빠는 의원, 프로토포포프는 의장. 도시의 모든 사람이 수군거리며 오빠를비웃는데도 혼자 아무것도 못 보고 모르고 있지. 조금 전에도 모두 화재 현장으로 달려가는데, 오빠만 남의 일인 듯 자기 방에 앉아 있었지. 그저 바이올린이나 연주하면서 말이야. (신경질적으로) 오, 정말 너무 끔찍해! (운다.) 더 이상 못 참겠어, 못 참겠다고……. 못 참아! (올가가 들어와서 탁자를 정리한다. 이리나가 큰 소리로 흐느낀다.) 이제 날 신경 쓰지 마. 그냥 나 같은 건 내버려 두라고. 정말 못 참겠어!

올가 (소스라치게 놀라며) 얘야, 왜 그래, 이리나?

이리나 (흐느끼면서) 어디 갔어? 다 어디로 간 거지? 어디 있는 거야? 오, 하느님! 결국 다 잊어버렸어, 다 잊어버리고 말았다고……. 머릿속이 다 뒤엉켜 버렸어……. 이제는 이탈리아어로 저 창문이 뭔지, 천장이 뭔지 기억 안 나. 하나도 안 나. 날마다 잊는 속도가 점점 빨라져. 흘러간 인생은, 두 번 다시 돌아오지 않아. 우린 아마 절대로, 절대로 모스크바에 갈 수 없을 거야……. 난 알아…….

올가 이리나, 이리나…….

이리나 (감정을 추스르면서) 오, 난 불행해……. 난 이제 일할 수 없어. 일하지도 않을 거야. 됐어, 이걸로 충분하다고! 전신국에서도 일하다가 지금은 시청에서 근무하고 있지만, 내가 맡았던 일들은 전부 지긋지긋해. 스물세 살이 되는 오늘까지 끊임없이 일만 했어. 머릿속은 무뎌지고, 만족이란 건 느껴 보지도 못한 채 시간만 보내며 나날이 몸은 늙고 마르고 추해지고 있지. 아름답고 진실이 가득한 인생에서 점점 더 멀어지면서 늪에 빠져들어 가는 기분이야. 희망도 없어. 어떻게 내가 살아 있는지, 어떻게 여태껏 죽지 않고 살았는지 궁금할 정도야…….

올가 울지 마, 이리나. 울지 마⋯⋯. 내 마음도 아파.

이리나 안 울어, 안 울 거야⋯⋯. 난 괜찮아. 봐, 이제 안 울지? 안 울어.

올가 언니이자 친구로서 하는 말이야, 이리나. 남작에게 시집가는 게 어때? (이리나가 소리 없이 흐느낀다.) 너도 그 사람을 존경하고 있잖아. 그리 미남은 아니지만 착한 사람이야⋯⋯. 결혼을 한다는 건 사랑하기 때문이 아니라, 자신의 의무를 다하기 위해서야. 적어도 나는 그렇게 생각한단다. 나도 사랑 없는 결혼을 하게 될지도 몰라. 누가 청혼을 하던 좋은 사람이기만 하다면 난 받아들일 거야. 나이가 많아도 좋은 남자라면 상관없어⋯⋯.

이리나 나는 여태까지 우리가 모스크바에 가면 거기서 진정한 사랑을 만날 거라고 기다려 왔어. 그곳에서 만날 상상 속의 남자를 꿈꾸고, 또 사랑해 왔어⋯⋯. 어리석고 헛된 꿈을 꾼 거야.

올가 (동생을 껴안는다.) 내 소중한 동생, 네 마음 나도 알아. 남작이 퇴역한 후, 사복을 입고 우리 집에 왔을 때 얼마나 못나 보이던지 난 눈물이 날 지경이었어⋯⋯. 그 사람이 왜 우냐고 묻더구나. 내가 뭐라고 대답할 수 있겠니! 하지만 신의 뜻으로 그분과 네가 결혼한다면, 난 정말 기쁠 것 같아. 결혼은 별개의 문제야, 알겠니? 완전히 다른 문제라고.

나타샤가 촛불을 들고 오른쪽 문에서 나와서 무대를 가로질러 왼쪽 문으로 말없이 들어간다.

마샤 (일어나 앉는다.) 꼭 불이라도 지를 것처럼 걸어다니는 꼴 좀 봐.

올가 넌 바보야, 마샤. 미안하지만 우리 집안에서 가장 미련퉁이는 너라고. (사이.)

마샤 나 두 사람한테 고백할 게 있어. 너무 괴로워서 못 참겠어. 지금 고백하고 다시는 누구에게도 말하지 않겠어…… 잠깐이면 돼. (나직하게) 내 비밀이지만 언니랑 이리나는 꼭 알아줬으면 해……. 말하지 않고는 못 견디겠어……. (사이.) 나, 사랑하는 사람이 있어……. 그 사람을. 방금 전에도 여기에 있었어……. 솔직히 말하면. 난 베르쉬닌을 사랑해…….

올가 (칸막이 뒤, 자기 침대로 간다.) 그만둬. 난 아무것도 안 듣겠어.

마샤 나도 어쩔 수 없었다고! (머리를 감싼다.) 처음에는 이상한 사람이라고 생각했는데, 나중에는 불쌍해 보이더라고…… 결국 사랑하게 됐어. 그분의 목소리도, 그분의 이야기도, 불행한 인생도, 두 딸까지도 좋아졌어…….

올가 (칸막이 뒤에서) 어쨌든 난 못 들은 거야. 네가 무슨 바보 같은 말을 하든, 난 듣지 않았으니까!

마샤 언니는 바보야. 그를 사랑하는 것, 그게 내 운명이야. 내 숙명이라고……. 베르쉬닌도 날 사랑해. 그래, 좋은 일은 아니지, 무서운 일이야. 그렇지? (이리나의 손을 잡고는 자기 쪽으로 끌어당긴다.) 아, 귀여운 이리나. 우리는 이제 어떻게 살게 될까, 어떤 미래가 우리를 기다리고 있을까……. 소설을 보면 결말이 뻔히 보이는데, 정작 내 얘기가 되니, 아무도 정답을 말해 주지 않아. 결국 자기 일은 스스로 결정해야 하는 거야. 올가 언니 그리고 이리나……. 고백

했으니까 이제부터 아무 말도 안 하겠어……. 고골의 광인처럼 나
도…… 침묵할 거야…….

안드레이가 들어오고, 그의 뒤를 따라 페라폰트가 들어온다.

안드레이   (화를 내며) 무슨 일인가? 알 수가 없군.

페라폰트   (문 옆에서, 초조하게) 안드레이, 이미 열 번이나 말씀드렸
습니다요.

안드레이   우선, 나를 안드레이라고 부르지 마, 의원 나리라고 불러!

페라폰트   의원 나리, 소방대원들이 강으로 가는데 정원을 가로질러
가도록 허락해 달라고 합니다. 안 그러면 한참 돌아야 하는데, 그
러면 엄청나게 고생하거든요.

안드레이   그래, 그렇게 하라고 해. (페라폰트가 나간다.) 정말 귀찮구
먼. 올가는 어디 있지? (올가가 칸막이 뒤에서 나온다.) 벽장 열쇠를
좀 빌려 줘. 내 건 잃어버렸어. 너도 하나 갖고 있잖아. 좀 작은 열쇠
야. (올가가 말없이 그에게 열쇠를 준다. 이리나는 칸막이 너머 자기 침대
로 간다. 사이.) 정말 엄청난 화재였어! 이제 좀 잠잠해지는 것 같더
군. 페라폰트 그 망할 자식이 자꾸 짜증을 돋워서 바보 같은 소리
를 지껄였구먼……. 의원 나리라니……. (사이.) 올가, 왜 아무 말이
없어? (사이.) 이제 그만하자. 어린애처럼 토라져 있지 말라고. 마샤
도, 이리나도 여기 있으니 잘됐네. 우리 허심탄회하게 얘기 좀 해
보자. 도대체 너희 나한테 무슨 불만이 있는 거야? 뭐가 불만이야?

올가   오빠, 그만. 우리 내일 얘기하자. (흥분하면서) 오늘 밤은 다들

충분히 괴로운 상태니까!

안드레이　(당황하며) 흥분하지 마. 냉정하게 묻는 거야. 그냥 나한테 뭐가 불만인지 묻고 있는 거야. 솔직하게 말해 줘.

베르쉬닌의 목소리　트람 – 탐 – 탐!

마샤　(일어난다. 큰 소리로) 트라 – 타 – 타! (올가에게) 잘 자, 언니. 난 이만. (칸막이 너머로 가서 이리나에게 키스한다.) 잘 자…….
안녕. 오빠, 다들 지쳤으니 그만 돌아가. 내일 이야기하는 게 좋겠어……. (나간다.)

올가　정말이야, 오빠. 내일 얘기하자……. (칸막이 너머 자기 침대로 간다.) 난 자야겠어.

안드레이　아니, 할 말은 해야겠어. 먼저 첫 번째, 너희는 내 아내 나타샤를 못마땅하게 생각하고 있어. 결혼하는 날부터 느낄 수 있었지. 나타샤는 아름답고 성실한 여자야. 솔직하고 명예를 아는 사람이지. 난 그렇게 생각해. 난 아내를 사랑하고 존경해. 이해하겠니? 그러니까 너희도 나처럼 그녀를 존중해 주면 좋겠어. 다시 말하겠어. 나타샤는 성실하고 고결해. 너희가 내 아내를 못마땅해하는 건 솔직히 말해서 너희의 변덕일 뿐이야……. (사이.) 두 번째, 너희는 내가 교수가 못 되고 학문을 연구하지 않는다고 화가 난 모양이구나. 하지만 나는 자치구의원으로 시에 봉사하고 있어. 나는 내 일이 학문을 연구하는 것만큼이나 명예롭고 중요한 것이라고 생각해. 난 자치구의회 의원이야. 너희가 뭐라고 하건 간에 난 지금의 내가 자랑스러워. (사이.) 세 번째, 꼭 해야 할 말이 있어……. 나는 너희 동의 없이 이 집을 저당 잡혔어……. 이건 내가 잘못한 거 인

165

정해. 그래, 너희의 용서를 구하고 싶어. 3만 5천 루블의 빚 때문에 어쩔 도리가 없었어. 하지만 지금은 도박을 하진 않아. 이미 오래 전에 손 뗐어. 하지만 변명하자면, 너희는 아직 연금을 받잖아. 그런데 난 받지 못해. 내 월급은…… 말하자면……. (사이.)

쿨르이긴 (문 앞에서) 마샤, 여기 없어? (불안스럽게) 대체 어디 갔지? 그것 참 이상하네……. (나간다.)

안드레이 아무도 내 얘기를 들어주지 않는군. 나타샤는 훌륭하고 올곧은 여자라고. (무대 위를 말없이 오락가락하다가 멈춰 선다.) 결혼할 때만 해도 난 우리가 행복하게 살 거라 생각했어……. 모두 행복하게 살 거라고……. 그런데 아, 하느님! (운다.) 사랑하는 동생들아, 내 말을 믿어선 안 돼, 알겠니? 내 말을 믿으면 안 돼……. (나간다.)

쿨르이긴 (문 앞에서 근심스런 표정으로) 마샤는 어디 갔지? 마샤 여기 없어? 놀랄 일이군. (나간다.)

경보 종소리가 거리에 울려 퍼진다. 무대가 텅 빈다.

이리나 (칸막이 뒤에서) 올가! 누가 마룻바닥을 두드리는 거야?

올가 의사 선생님이야. 취하셨어.

이리나 정말 시끄러운 밤이야! (사이.) 올가 언니! (칸막이에서 얼굴을 내민다.) 들었어? 여단이 이곳을 떠나 어디 먼 곳으로 간대.

올가 그냥 뜬소문일 뿐이야.

이리나 그렇게 되면 여기엔 우리만 남겠지……. 올가 언니!

올가 응?

이리나 난 남작을 존경해. 그분은 훌륭하고 멋진 사람이야. 난 그분과 결혼하겠어. 청혼을 받아들일 거야. 이제 우리 모스크바로 가자! 부탁이야, 모스크바로 떠나자! 세상에 모스크바보다 더 좋은 곳은 없어! 가자! 올가 언니, 가자!

-막-

4막

프로조로프 집의 오래된 정원. 전나무 가로수 길이 길게 뻗어 있다.
그 길 끝으로 강이 보이고, 강 건너편에는 숲이 있다. 오른편에는 집
의 테라스가 있고, 그곳에 차려진 식탁에는 술병과 몇 개의 잔이 놓
여 있다. 조금 전까지 샴페인을 마신 것처럼 보인다. 낮 12시. 가끔씩
사람들이 거리에서 강 쪽으로 정원을 가로질러 간다. 다섯 명의 병
사가 빠르게 지나간다.

체부트이킨은 막이 진행되는 동안 줄곧 온화한 기분으로 정원의 안
락의자에 앉아 누군가 자신을 부르러 오기를 기다리고 있다. 그는
군모를 쓰고 지팡이를 쥐고 있다. 이리나, 가슴에 훈장을 달고 콧수
염을 깎은 쿨르이긴, 그리고 투젠바흐가 테라스에 서서 계단을 내려

가는 페도티크와 로데를 떠나 보낸다. 두 장교 모두 행군용 제복 차림이다.

투젠바흐 (페도티크와 작별 키스를 한다.) 자네는 좋은 사람이야. 그동안 우린 정말 가까이 지냈는데. (로데와 키스를 한다.) 한 번 더⋯⋯. 안녕, 친구!

이리나 또 만나요!

페도티크 또라니? 다시는 못 만날 거야.

쿨르이긴 그건 모르죠! (눈가를 닦으며 미소 짓는다.) 이런, 나까지 눈물이 나네.

이리나 언젠간 다시 만날 거예요.

페도티크 십 년 후? 아니면 십오 년 후? 그때 우리가 다시 만나도 서로 알아보진 못할 거야. 알아보더라도 어색하게 인사라도 할 수 있을까⋯⋯. (사진을 찍는다.) 다들 그대로⋯⋯. 마지막으로 한 장만 더.

로데 (투젠바흐를 포옹하며) 다신 못 만날 거야⋯⋯. (이리나의 손에 키스한다.) 그동안 여러 가지로 고마웠어!

페도티크 (짜증 내며) 가만있으라니까!

투젠바흐 하느님께서 보살펴 주신다면 다시 만날 걸세. 편지 보내주게, 꼭!

로데 (정원을 보면서) 나무들아, 잘 있어. (소리친다.) 야호! (사이.) 메아리야, 잘 있어!

쿨르이긴 폴란드에서 결혼할지도 모르겠군요⋯⋯. 폴란드의 여자들은 남편을 안을 때 Коханеǃ(폴란드어로 '사랑하는 이여!'라는 뜻_ 옮긴이)라고 말하죠. (웃는다.)

페도티크 (시계를 보고) 한 시간도 채 남지 않았군. 우리 중대에서 솔 료느이만 배를 타고 가고, 나머지 장교들은 부대가 떠날 때 함께 갈 거야. 오늘 3개 중대가 먼저 떠나고, 내일 다시 3개 중대가 떠날 거야. 모두 떠나고 나면 이곳은 매우 고요해지겠구나.

투젠바흐 끔찍한 권태도 함께 찾아오겠군.

로데 그런데 마샤가 안 보이는군.

쿨르이긴 정원에 있어요.

페도티크 마샤와도 작별인사를 해야지.

로데 잘 있게. 이제 정말 가야겠어. 계속 여기 있다가는 눈물이 나겠 어⋯⋯. (투젠바흐와 쿨르이긴을 덥석 껴안고, 이리나의 손에 키스한다.) 그동안 정말 고마웠어.

페도티크 (쿨르이긴에게) 이건 기념품으로 주는 거야⋯⋯. 연필과 수 첩이야. 이제 우리는 여기서 곧장 강 쪽으로 내려가겠네⋯⋯.

두 사람이 떠나가며 뒤를 돌아본다.

로데 (소리친다.) 어이!

쿨르이긴 (큰 소리로) 잘 가시오!

무대 안쪽에서 페도티크와 로데가 마샤와 만나 작별인사를 한다. 마 샤는 그대로 두 사람을 따라 나간다.

이리나 떠났어요……. (테라스 아래 계단에 걸터앉는다.)

체부트이킨 나한테는 작별인사도 안 하고 가는구먼.

이리나 먼저 인사하시지요.

체부트이킨 어쩌다 깜빡 잊어버렸어. 어쨌든 저들을 곧 다시 만날 거야. 나도 내일 떠날 거니까 아직 하루 더 여유가 있지……. 일 년 뒤에 퇴직하면 다시 이곳으로 와서 너희와 여생을 보낼 계획이다……. 일 년만 견디면 연금이 나오거든. (주머니에 신문을 넣고 다른 신문을 꺼낸다.) 이곳에 다시 오면 새로운 삶을 시작할 거야……. 조용하고 예의 바르고, 그러니까 남들로부터 존경…… 존경받을 만한 사람이 될 거야…….

이리나 정말 군의관님은 어떻게 하든 간에 생활 태도를 바꾸셔야 해요.

체부트이킨 그래, 나도 그렇게 느끼고 있단다. (나지막하게 흥얼거린다.) 타라-라-붐비야…… 타라-라-붐비야…….

쿨르이긴 당신은 구제불능이니 절대 못 바꿀 거예요.

체부트이킨 자네가 옆에서 잘 가르쳐 주면 나도 변할 것 같은데.

이리나 형부! 콧수염을 깎았네요? 정말 볼썽사납군요.

쿨르이긴 뭐 어때서?

체부트이킨 지금 자네가 뭘 닮았는지 말해 주고 싶지만, 그냥 관두겠네.

쿨르이긴 이게 어때서요? 이런 걸 두고 Modus vivendi(라틴어로 '삶의 방식'이라는 뜻_옮긴이)라고 하죠. 우리 교장 선생님이 콧수염을 깎아서 나도 장학사가 되자마자 콧수염을 깎은 거예요. 다들 마음에 안 든다 해도 상관없어요. 난 만족하니까요. 콧수염이 있든 없든 난 상관없어요. (앉는다.)

무대 뒤쪽에서 안드레이가 잠든 아이를 태운 유모차를 밀고 지나 간다.

이리나 군의관님, 전 너무 걱정돼요. 어제 가로수 길에 다녀오셨는데, 거기서 무슨 일이 일어났는지 말씀해 주세요.

체부트이킨 무슨 일? 아무 일도 없어. 별일 아냐. (신문을 읽는다.) 아무 일도 아니야!

쿨르이긴 사람들이 하는 말이, 어제 극장 앞 가로수 길에서 솔료느이와 남작이 만났다던데…….

투젠바흐 별일 없었다니까! 그 얘긴 그만해……. (한 손을 내저으며 집 안으로 들어간다.)

쿨르이긴 극장 앞에서……. 솔료느이가 남작에게 시비를 거니까, 남작도 참지 못하고 욕을 했다던데…….

체부트이킨 난 모른다니까. 체푸하(러시아어로 '헛소리'라는 뜻_옮긴이)라고.

쿨르이긴 어느 신학교에서 작문 시간에 교사가 어떤 학생의 숙제 끄트머리에 '체푸하'라고 써 놓았는데, 그 학생은 한참을 고민하다가 그게 라틴어 단어라고 생각했던 듯합니다. ('체푸하[chepukha]'를 필기체로 쓰면 라틴어 '레니크사[renlxa]'와 비슷한 모양이 된다는 점을 이용한 농담_옮긴이) (웃는다.) 정말 웃기지 않나요? 들리는 바에 따르면 솔료느이가 이리나를 짝사랑해서 남작에게 원한을 품었다고 하더군요⋯⋯. 놀랄 일도 아니죠. 이리나는 정말 매력적인 아가씨잖아요.

무대 안쪽 정원 뒤에서 "어이! 이봐!" 하고 부르는 소리.

이리나 (몸을 떤다.) 오늘은 왠지 모든 게 불안해요. (사이.) 난 이미 모든 준비가 끝났어요. 짐은 저녁 먹고 부치고요. 남작님과 나는 내일 결혼식을 올리고 곧바로 벽돌공장으로 출발할 거예요. 그리고 모레에는 난 학교에 있을 거예요. 새로운 삶의 시작죠! 하느님께서 보살펴 주시기를! 나의 미래는 어떻게 될까요? 교사 자격시험에 합격했을 때는 펑펑 울었어요. 얼마나 감격스럽던지⋯⋯. (사이.) 곧 짐마차가 올 거예요⋯⋯.

쿨르이긴 다 좋은데, 약간 앞서간다는 생각이 드네. 계획은 이상적이지만, 현실은 만만하지 않아. 어쨌거나 진심으로 성공하길 바라.

체부트이킨 (애정에 겨운 표정으로) 나의 사랑스러운 이리나. 나의 소중한 보물. 이제 너는 내가 쫓아갈 수 없을 만큼 저만치 멀리 가 버렸구나. 나는 늙고 날지 못하는 철새와 같은 꼴이지. 자! 훨훨 날아! 신의 가호가 있기를! (사이) 그나저나 표도르 일리치, 콧수염을 깎은 건 실수야.

쿨르이긴 다들 그만하세요! (한숨을 쉰다.) 마침내 오늘 군인들이 떠나는군요. 그러면 모든 게 다시 옛날로 돌아가겠지. 사람들이 뭐라고 하건 간에 마샤는 선량하고 올곧은 사람입니다. 저는 제 아내를 사랑하고, 제 운명에 감사하고 있습니다. 사람들의 운명은 다 다르죠. 나와 같은 학교를 나와서 지금은 세무서에 일하는 코즈이료프라는 친구가 있어요. 그는 김나지움 5학년 때 라틴어 ut consecutivur(영어의 so that에 해당하는 말로서 용법이 다양하다_옮긴이)를 몰라서 제적당했어요. 지금 그 친구는 가난하고 병도 앓고 있어요. 저는 그 친구를 만날 때마다 이렇게 묻곤 합니다. "그래(ut consecutivum), 요즘 어떻게 지내?" 그러면 그 친구는 이렇게 대답합니다. "뭐, 그냥저냥…… 그래(consecurivum)." 그러고는 기침을 합니다……. 한편 저는 그 친구에 비하면 운이 좋아서 스타니슬라프 이등훈장도 받았고, 지금은 다른 사람들에게 ut consecutivum (라틴어 사용법)을 가르치는 사람이 되었으니 행복합니다. 물론 저는 보통 사람들보다는 훨씬 더 똑똑하지요. 하지만 행복은 거기 있는 게 아니에요…….

집 안에서 〈소녀의 기도〉를 연주하는 피아노 소리가 들려온다.

이리나   내일 밤에는 저 〈소녀의 기도〉를 듣지 않아도 되겠죠. 프로토포포프와 마주치지도 않을 테고요……. (사이.) 프로토포포프가 오늘도 찾아와서 지금 응접실에 앉아 있군요…….

쿨르이긴   우리 교장 선생님은 아직 안 오셨나?

이리나   아직이요. 언니를 부르러 사람을 보냈어요. 이 집에서 올가 언니와 떨어져서 혼자 사는 게 얼마나 힘든지 형부는 모르실 거예요……. 언니는 학교에서 사는 거나 마찬가지예요. 교장이라 온종일 일에 파묻혀 있어서 난 혼자 남아, 따분하게 할 일도 없이 지내요. 난 내 방도 너무 지긋지긋해요. 모스크바에 갈 수 없는 운명이라면 받아들일 수밖에 없다고 생각하기로 했어요. 팔자죠, 뭐. 다 하느님의 뜻이에요. 내 힘으론 아무것도 할 수 없어요. 다행인 건 남작이 내게 청혼한 거예요. 곰곰이 생각하고 결심했어요. 그는 좋은 사람이다, 그러니 얼마나 다행인가……. 이렇게 생각하니 갑자기 영혼에 날개가 달리는 것처럼 마음도 가벼워지고, 다시 일을 하고 싶어졌지요. 그런데 어제 그에게 무슨 일이 생겼다는데, 자꾸 마음에 걸려요.

체부트이킨 별일 없었다니까.

나타샤 (창 앞에서) 교장 선생님이 오시네!

쿨르이긴 도착했군. 안으로 들어가자.

이리나와 함께 집으로 들어간다.

체부트이킨 (신문을 읽으면서 나직하게 흥얼거린다.) 타라-라-붐비야……. 나는 길가의 돌에 걸터앉아…….

마샤가 다가온다. 무대 뒤쪽에서는 안드레이가 유모차를 밀고 있다.

마샤 여기에 아주 편안히 앉아 계시는군요…….

체부트이킨 왜 그러니?

마샤 (앉는다.) 아니에요……. (사이.) 우리 어머니를 사랑하셨죠?

체부트이킨 그래, 많이 사랑했지.

마샤 어머니도 군의관님을 사랑했나요?

체부트이킨 (잠시 말이 없다가) 그건 잘 기억이 안 나는구나.

마샤 나의 그대가 여기 와 있나요? 우리 집 요리사 마르파가 자기
경찰 남편을 '나의 그대'라고 부르더군요. 그러니까, '나의 그대'가
여기 왔나요?

체부트이킨 아직.

마샤 나처럼 조금씩 서서히 행복을 느끼다가 이내 그것을 잃어버리
면 마음은 점점 거칠어지고 비뚤어진 여자가 되기 마련이죠…….
(자신의 가슴을 가리키며) 속이 뒤집히는 것 같아요……. (유모차를
밀고 있는 안드레이를 보면서) 저기 있는 우리 오빠, 안드레이는…….
모든 희망을 잃었어요. 수많은 사람들이 온갖 노고와 돈을 들여 매
달리던 종이 별안간 떨어져 깨져 버린 것처럼……. 어느 날 갑자기,
아무런 이유도 없이. 그거나 마찬가지죠. 안드레이도…….

안드레이 이 집안은 도대체 언제쯤 조용해지려나. 너무 시끄럽구면.

체부트이킨 곧 조용해질 게다. (시계를 본다. 태엽을 감자 시계가 울린
다.) 내 시계는 구식 시계야, 일정 시간마다 소리가 나지. (시계를 돌
려 소리가 나게 하다.) 1시 정각에 제1, 제2, 제5중대가 출발한다더
군……. (사이.) 그리고 난 내일 떠날 거야.

안드레이 아예 안 돌아오실 건가요?

체부트이킨 나도 모르지. 어쩌면 일 년 뒤에 돌아올지도……. 하느님
은 아시려나? 뭐, 어느 쪽이든 마찬가지지…….

멀리서 하프와 바이올린 연주하는 소리.

안드레이 도시가 적적해지겠네. 불을 끄고 난 것처럼. (사이.) 사람들이 어제 극장 앞에서 무슨 일이 생겼다고들 하던데, 난 전혀 모르고 있었어요.

체부트이킨 아무것도 아니야. 그냥 바보 같은 일이지. 솔료느이가 남작에게 시비를 걸었어. 그래서 남작이 울컥했고, 솔료느이에게 욕을 퍼부었지. 그래서 결국 솔료느이가 남작에게 결투를 신청하지 않을 수 없었지. (시계를 본다.) 슬슬 그 시간이 다가오는군…….12시 반에 저기 강 건너 보이는 숲에서…… 탕! 탕! (웃는다.) 심지어 솔료느이는 스스로 시인 레르몬토프가 된 것처럼 시까지 쓰고 있어(시인 레르몬토프는 결투로 죽었다_옮긴이). 농담이 아니라, 그 친구는 벌써 세 번째 결투를 벌이고 있는 셈이야.

마샤 누가요?

체부트이킨 솔료느이.

마샤 남작은요?

체부트이킨 남작은 몇 번째냐고? (사이.)

마샤 머릿속이 너무 복잡해요……. 어쨌든 이 일을 막아야 해요. 솔료느이가 남작을 다치게 할지도 모르잖아요……. 아니, 어쩌면 죽일지도 모르겠죠.

체부트이킨 남작은 좋은 사람이긴 하지만 남작 같은 사람이 한 사람 더 있든, 덜 있든, 마찬가지잖아? 그냥 둬, 어차피 마찬가지야. (정원 뒤에서 "어이! 이봐!" 외치는 소리) 이건 결투 입회인 중 스크보르

초프의 목소리군. 보트를 타고 있어. (사이.)

안드레이   난 결투에 입회한다거나, 설사 의사 자격으로 그 자리에 있는 건 비도덕적이라고 생각해요.

체부트이킨   그냥 그렇게 보일 뿐……. 우리는 실제로 존재하지 않아. 실제로 존재하는 건 이 세상에 아무것도 없어. 그저 그렇게 보일 뿐이지……. 그래서 어떻게 되든 다 마찬가지야!

마샤   온종일 저런 말들이나 하고, 또 하고……. (걷는다.) 곧 눈이 올 것 같은 이런 날씨에 저런 이야기나 하고 있다니……. (멈춰서면서) 집엔 가고 싶지 않아……. 베르쉬닌이 오거든 나한테 말해 주세요…….(가로수 길을 따라 걷는다.) 철새들은 벌써 남쪽으로 날아가는구나……. (위를 바라본다.) 백조일까 기러기일까……. 너희는 행복하겠구나……. (나간다.)

안드레이   장교들도 가고, 군의관도 가고, 이리나도 결혼하고 나면, 이 집도 이젠 텅 비겠네. 이 집에 남는 건 나뿐이구나.

체부트이킨   아내는?

페라폰트가 서류를 들고 들어온다.

안드레이   아내는 아내죠. 성실하고 착실한 여자예요. 선량하기까지 하고요. 하지만 그녀는 마치 털북숭이 동물처럼, 천박하고 분별없는 면이 분명히 있어요. 어쨌든 그 여잔 사람 같지가 않아요. 이런 말을 하는 것도 당신이 내 친구고, 속마음을 털어놓을 수 있는 유일한 사람이라고 생각하기 때문입니다. 저는 아내 나타샤를 사랑합니다. 네, 암요. 하지만 가끔 그녀가 속물처럼 보일 때가 있어요. 그럴 때면 혼란스러워져서 어떻게 내가 저 여잘 사랑하고 있는지, 또는 사랑하게 되었는지 제 자신도 알 수가 없어져요.

체부트이킨 (일어선다.) 이보게, 내일 내가 떠나고 나면 아마 다시는 만나지 못할 거야. 그러니 마지막으로 한마디만 하마. 넌 모자를 쓰고, 지팡이를 들고 길을 나서거라……. 이곳에서 떠나. 그리고 묵묵히 걸어가거라. 절대 뒤돌아봐면 안 돼. 멀리 갈수록 더 좋아.

솔료느이가 장교 두 명과 함께 무대 안쪽으로 지나가다가 체부트이킨을 보더니 그에게로 다가온다. 장교들이 멀어져 간다.

솔료느이 군의관님, 시간이 다 됐습니다. 벌써 12시 반입니다. (안드레이와 인사한다.)

체부트이킨 곧 가겠네. 정말 귀찮게 하는구먼. (안드레이에게) 누군가 나를 찾거든 금방 돌아올 거라고 말해 주게……. (한숨 쉰다.) 휴우!

솔료느이 "악 하고 소리 지를 새도 없이 곰은 이미 그에게 달려들었네."(그와 함께 걸어간다.) 웬 한숨을 그리 쉬십니까, 노인장?

체부트이킨 쳇!

솔료느이 기분이 어때요?

체부트이킨 (화를 내면서) 매우 나쁘네.

솔료느이 괜히 화내지 말아요. 간단한 일이에요. 그 녀석을 도요새를 쏘아 죽이듯 쏴 버리면 되는 겁니다. (향수를 꺼내 두 손에 바른다.) 오늘 향수 한 병을 다 썼는데도 아직 손에서 시체 냄새 같은 지독한 냄새가 나요. (사이.) 그런데…… 그 시 기억하세요?

"그대는 미친 듯이 폭풍을 원하노라,

마치 폭풍 속에 평화가 있듯이."

(레르몬토프의 시 〈돛단배〉의 일부_옮긴이)

체부트이킨　그래, 곰이 달려들 땐 이미 늦은 법이지. "악 하고 소리 지를 새도 없이 곰은 이미 그에게 달려들었네." (솔료느이와 함께 나간다.)

"어이! 어이!" 하는 외침 소리가 들린다. 안드레이와 페라폰트가 들어온다.

페라폰트　서류에 서명을…….

안드레이　(신경질적으로) 나 좀 내버려 두게! 비켜! 어서! (유모차를 끌고 나간다.)

페라폰트　서류에 서명을 안 하시겠다니. (무대 안쪽으로 물러간다.)

이리나와 밀짚모자를 쓴 투젠바흐가 들어온다. 쿨르이긴이 "어이, 마샤, 어이!" 하고 소리 지르면서 무대를 지나간다.

투젠바흐　저 사람만이 이 도시에서 군대가 떠나는 걸 즐거워하는 것 같아.

이리나　틀린 말도 아니죠. (사이.) 이 도시는 이제 텅 비겠군요.

투젠바흐　(시계를 보고 나서) 내 사랑 이리나, 금방 돌아오겠소.

이리나 어디 가세요?

투젠바흐 시내에 볼일도 있고…… 동료들을 보내야지.

이리나 거짓말하지 마요……. 오늘 왜 이리 넋이 나가 있어요? (사이.) 어제 극장 앞에서 무슨 일이 있었던 거 맞죠?

투젠바흐 (안절부절못하면서) 한 시간 만에 돌아와서 당신과 곁에 있을 거야. (그녀의 두 손에 키스한다.) 내 사랑……. (그녀의 얼굴을 들여다본다.) 내가 당신을 사랑한 지 벌써 오 년이 흘렀는데, 이 행복함은 여전히 낯설기만 해. 그리고 당신은 점점 더 아름다워지는군. 이 향기롭고 부드러운 머리칼, 그리고 눈! 내일 당신을 데리고 이곳을 떠날 거야. 우리는 함께 일해서 부자가 될 테고, 우리의 희망도 이루어지고, 당신도 행복해질 거야. 다만 한 가지, 한 가지 문제가 남아 있어. 그것은 바로 당신이 나를 사랑하고 있지 않다는 거야!

이리나 그건 어쩔 수가 없어요. 정숙하고 온순한 당신의 아내가 되겠어요. 하지만 사랑은 없어요. 이건 어쩔 수 없어요. (운다.) 나는 한 번도 사랑이란 걸 해 본 적이 없어요. 아, 내가 얼마나 사랑에 빠지고 싶었는지. 아주 오래전부터 밤낮없이 사랑을 꿈꿔 왔지만 내 영혼은 뚜껑을 닫아 잠그고, 그 열쇠를 잃어버린 값비싼 피아노와 같아요. (사이.) 당신, 왜 이리 불안해 보이죠?

투젠바흐 밤새 한숨도 못 잤어. 살면서 내가 깜짝 놀랄 만큼 무서운 것은 없었어. 다만 당신이 잃어버렸다는 그 열쇠가 내 영혼을 괴롭히고 잠 못 이루게 할 뿐. 내게 말해 봐. (사이.) 말해 줘, 내게…….

이리나 무슨 말을요? 무슨 말을 듣고 싶은 거죠?

투젠바흐 그 어떤 말이든.

이리나　그만, 그만해요! (사이.)

투젠바흐　쓸모없고 보잘것없는 일들이 갑자기 인생에서 중요해지는 순간이 있지. 별거 아니라고 그냥 웃어넘겼다가는, 어느새 돌이킬 수 없이 치명적인 것이 되지. 아, 이런 얘기는 그만두지. 난 정말 상쾌한 기분이야. 저기 보이는 전나무, 은행나무, 자작나무는 마치 태어나서 처음 보는 나무처럼 새롭게 느껴져. 나무들이 마치 호기심 가득한 눈으로 나를 바라보며 내가 뭔가 행동하길 기대하는 것 같아. 아, 나무들은 어쩌면 저리도 아름다운가! 저런 나무 아래서 살아가는 인생은 얼마나 아름다운가! ("어이! 어이!" 하는 고함 소리.) 가야 할 시간이 되었군……. 이 나무는 이미 죽었지만 여전히 다른 나무들처럼 바람에 흔들리고 있군. 나도 마찬가지야, 이리나. 혹시 내가 죽더라도 여전히 난 어떤 모습으로든 당신의 삶에 함께하게 될 거야. 안녕, 내 사랑……. (두 손에 키스한다.) 당신이 보내 준 편지들은 내 책상에 있는 달력 밑에 있어.

이리나　나도 당신과 함께 가겠어요.

투젠바흐　(불안해하면서) 안 돼, 안 돼! (바삐 걸음을 옮기다가 가로수 길에서 멈춰 선다.) 이리나!

이리나　네?

투젠바흐　(무슨 말을 해야 할지 몰라 하며) 오늘 아침에 커피를 마시지 않았으니 나중에 커피를 끓여 놓으라고 말해 줘……. (재빨리 나간다.)

이리나는 생각에 잠겨 서 있다가 무대 안쪽으로 걸어가 그네에 앉

는다. 유모차를 끌며 안드레이가 들어오고, 뒤이어 페라폰트가 등
장한다.

페라폰트 안드레이 세르게이치, 서류는 관청의 것입니다. 제 게 아
　니라고요. 제가 만든 것이 아니란 말입니다.

안드레이 아, 도대체 어디로 가 버렸지? 나의 과거는 어디로 갔을
　까? 옛날에 나는 젊고 쾌활하며 현명했는데, 아름다운 공상과 사
　색에 젖어 있었는데, 희망으로 밝게 빛나던 미래를 꿈꾸던 그때의
　나는 어디로 갔는가? 어째서 우리는 인생을 시작하자마자 따분하
　고, 재미없고, 게으르며, 무관심하고 불행해지는 것일까⋯⋯. 이 도
　시는 이백 년이나 이어졌고, 현재 십만 명의 주민이 살고 있지만,
　다 그저 그런 사람일 뿐, 예나 지금이나 단 한 명의 고행자도, 예술
　가도, 학자도 없지. 게다가 부럽거나 닮고 싶은 유명인 하나도 없
　어⋯⋯. 그저 먹고, 마시고, 잠자다가 죽고 말지. 또 다른 인간들이
　태어나도 똑같이 먹고, 마시고, 잠자고. 따분함에 질식해 죽지 않으
　려고 삶에 변화를 주기 위해 역겨운 거짓 소문과 보드카, 카드놀이,
　소송으로 일생을 채울 뿐이지. 아내는 남편을 속이고, 남편은 거짓
　말을 하면서, 아무것도 못 본 척, 못 들은 척하지. 사람들의 이러한
　천박한 삶은 자식들에게도 이어져 아이들의 영혼에 피어 있는 신
　성한 불꽃을 꺼뜨려 버리지. 그렇게 해서 어린아이들 역시 그들의
　부모처럼 보잘것없는, 죽은 거나 다름없는 인간이 되는 거야⋯⋯.
　(페라폰트에게 짜증을 내며) 도대체 원하는 게 뭐야?

페라폰트 네? 서류에 서명해 주셔야지요.

안드레이　정말 너한테 질려 버렸다.

페라폰트　(서류를 주면서) 아까 시의회 수위가 그러는데……. 지난겨울에 페테르부르크는 영하 200도까지 내려갔다네요.

안드레이　지금은 이렇게 끔찍하지만 그래도 미래를 생각하면 기분이 나아지는 것 같아! 마치 희미하게 밝아지는 새벽빛처럼 어쩐지 마음이 홀가분해지고 자유로워지는 것 같아. 나와 내 아이들이 게으른 생활로부터, 크바스(러시아의 전통 음료_옮긴이), 양배추, 거위 요리, 점심 식사 뒤의 낮잠으로부터, 천박하기 짝이 없는 무위도식의 삶으로부터 자유로워질 날이 보이는 것 같아…….

페라폰트　2천 명이 얼어 죽었대요. 사람들이 공포에 떨었답니다. 그게 페테르부르크에서였는지, 모스크바에서였는지 잘 기억나진 않네요.

안드레이　(애정 어린 감정에 휩싸여) 나의 사랑스러운 동생들아! (눈물을 글썽이며) 마샤, 내 동생…….

나타샤　(창문에서) 누가 이렇게 큰 소리로 떠드는 거죠? 안드레이, 당신이에요? 소포츠카가 깨겠어요. Il ne faut pas taire du bruit, la Sophie est dormee dejà. Vous êtes un ours(틀린 프랑스어로 '떠들지 말아요. 소피가 자고 있잖아요. 이런 곰 같은 사람!'이라는 뜻_옮긴이). (화난 목소리로) 차라리 아이를 태운 유모차를 다른 사람에게 맡기고 나서 떠들어 대세요. 페라폰트, 나리한테서 유모차를 받아 와요!

페라폰트　예. (유모차를 잡는다.)

안드레이　(당황해하면서) 난 조용히 말하고 있었는데.

나타샤 (창문 뒤에서, 아이를 달래면서) 보비크! 우리 개구쟁이 보비크! 장난꾸러기 보비크!

안드레이 (서류를 훑어보면서) 좋아. 검토해 보고 필요한 곳에 서명하겠네. 나중에 자네가 다시 의회 사무소로 가져가게……. (서류를 읽으면서 집으로 간다. 페라폰트가 정원 쪽으로 유모차를 밀고 간다.)

나타샤 (창문 뒤에서) 보비크, 이름이 뭐야? 귀여운 우리 아기! 이 사람은 누구야? 올가 고모야. 말해 봐. "안녕하세요, 올가 고모!"

떠돌이 악사인 두 남녀가 무대에 등장하여 바이올린과 하프를 연주한다. 베르쉬닌, 올가, 안피사는 집에서 나와 한동안 말없이 음악만 듣는다. 이리나가 다가온다.

올가 이렇게 많은 사람이 오가니 우리 집 정원은 통로나 마찬가지군. 유모, 이 악사들에게 뭐라도 좀 줘요!

안피사 (악사들에게 돈을 준다.) 자, 어서 가세요. 하느님의 축복이 가득하기를!

악사들이 인사하고 나간다.

안피사 불쌍한 사람들. 배가 고프니 저렇게 살아가겠지. (이리나에게) 안녕하세요? 이리나 아가씨! (그녀에게 키스한다.) 아가씨, 저 이렇게 잘 살고 있답니다! 올가 아가씨와 함께 여학교 관사에서 살고 있어요. 하느님께서는 아직 이 늙은이를 보살펴 주시고 계세요. 내

평생 이렇게 호강하며 산 적은 없었어요……. 널찍한 집에 내 방도 따로 있고 침대도 있지요. 모두 나랏돈으로 운영되는 거랍니다. 한밤중에 잠에서 깨면 이렇게 중얼거립니다. 오, 하느님, 성모 마리아님, 이 세상에 나보다 더 행복한 사람은 없을 거예요.

베르쉬닌 (시계를 보고) 이제 가야겠어요, 올가. 시간이 됐어요. (사이.) 여러분, 모두 건강하시기를……. 마샤는 어디 있습니까?

이리나 정원에 있을 거예요……. 제가 찾아볼게요.

베르쉬닌 부탁합니다. 제가 시간이 없어서…….

안피사 나도 찾아볼게요. (소리친다.) 마센카, 아가씨! (이리나와 함께 정원의 먼 곳까지 나간다.) 아가씨!

베르쉬닌 모든 일에는 끝이 있습니다. 이제 우리도 헤어져야 할 시간입니다. (시계를 들여다본다.) 시에서 송별회를 열어 줬어요. 샴페인을 마시기도 하고, 시장의 연설을 들었지요. 저녁 식사를 하며 시작의 연설을 듣고 있었지만, 정작 마음은 이곳에서 여러분과 함께 와 있었습니다……. (정원을 둘러본다.) 어느새 이곳에 정이 들어 버린 것 같아요.

올가 언젠가 다시 만나겠죠?

베르쉬닌 아마 힘들지 않을까요. (사이.) 아내와 두 딸은 여기서 두 달 더 머물 겁니다. 무슨 일이 생기거나 혹시 그들에게 도움이 필요할 때는 부디…….

올가 당연하죠. 그건 걱정 마세요. (사이.) 내일이면 이 도시에 군인이라곤 찾아볼 수 없겠군요. 모든 게 추억이 되고 우리에게도 새로운 삶이 시작되겠죠. (사이.) 모든 일이 자기 뜻대로 되지 않아요.

저는 교장이 되고 싶지 않았지만 결국 이렇게 되고 말았어요. 그래서 모스크바에는 못 갈 것 같아요…….

베르쉬닌 자…… 여러 가지로 고마웠습니다……. 혹시 제가 실례되는 일을 저지른 적이 있었다면 용서하십시오……. 쓸데없이 말을 너무 많이 하네요. 이것도 용서해 주십시오. 나쁘게 보지 않으셨으면 합니다.

올가 (눈물을 닦으며) 마샤는 왜 안 오는 거야…….

베르쉬닌 당신에게 어떤 작별인사를 드려야 할까요? 무언가 철학적인 말이라도 할까요? (소리 내어 웃으며) 삶은 고통스럽습니다. 삶은 많은 사람들에게 공허하고 절망적으로 보입니다. 하지만 삶은 분명 점점 더 밝고 안락해지고 있습니다. 그러니 인생이 완전한 행복에 다다를 날도 머지않았다는 것을 인정해야 합니다. (시계를 들여다본다.) 시간이 되었군요. 가야 해요! 여태껏 인류는 자신의 존재 가치를 원정과 침략과 승리로 가득 채우며 전쟁에만 몰두했지만 이제 그 모든 것은 이제 쓸모없어졌습니다. 남은 건 무엇으로도 채울 수 없는 거대한 공허뿐이지만, 인류는 그 공허를 메우기 위해 무언가를 열심히 찾고 있습니다. 반드시 찾아낼 겁니다. 한시라도 빠르면 좋겠죠! (사이.) 아시겠지만, 만일 노동에 교육을 더하고, 교육에 노동을 더할 수만 있다면 말입니다. (시계를 들여다본다.) 이젠 정말 가야겠군요…….

올가 저기 와요.

마샤가 들어온다.

베르쉬닌 작별인사를 하러 왔습니다…….

올가는 그들을 방해하지 않으려고 옆으로 비켜선다.

마샤 (그의 얼굴을 들여다보면서) 안녕히 가세요…….

오랜 키스.

올가 이제 그만, 그만해…….

마샤는 격렬하게 흐느껴 운다.

베르쉬닌 잊지 말고 편지 보내 주세요. 놓으세요, 가야 합니다…….
　올가, 마샤를 부탁해요. 전 가겠습니다……. 늦었네요. (몹시 감동
　한 표정으로 올가의 손에 키스한다. 다시 한 번 마샤를 껴안고는 급히 떠
　난다.)
올가 이제 그만 울어, 마샤! 그만하라니까…….

쿨르이긴이 들어온다.

쿨르이긴 (당황한 표정으로) 괜찮아요. 울게 놔둬요, 그냥 놔둬
　요……. 마샤, 사랑하는 마샤……. 당신은 내 아내야. 설령 무슨 일
　이 있었더라도 난 행복해. 불평하지도, 아무런 비난도 하지 않을 거

188

야……. 바로 여기 올가가 증인이야……. 우리 다시 예전처럼 사는 거야. 당신에게 싫은 말은 아예 하지 않겠어…….

마샤 (눈물을 참으며) "푸른 떡갈나무 한 그루가 외딴 바닷가에 서 있네.

황금빛 사슬 떡갈나무에 메어져……

황금빛 사슬 떡갈나무에 메어져……."

아, 나 미치겠어…….

"푸른 떡갈나무…… 바닷가에…….”

올가 진정해, 마샤……. 진정해……. 마샤한테 물 좀 갖다 줘요.

마샤 이제 안 울 거야…….

쿨르이긴 이제 됐어……. 마샤는 괜찮을 거야…….

멀리서 희미하게 총소리가 들린다.

마샤 "푸른 떡갈나무 한 그루가 외딴 바닷가에 서 있네.

황금빛 사슬 떡갈나무에 메어져……

푸른 고양이…… 푸른 떡갈나무…….”

아, 가사가 생각나지 않네. (물을 마신다.) 내 인생은 실패했어. 이제 난 아무것도 필요 없어……. 곧 괜찮아지겠지. 상관없어……. 바닷가가 뭐 어떻다는 거야? 왜 자꾸 이 말이 입에서 맴돌지? 머릿속이 뒤죽박죽이야.

이리나가 들어온다.

올가 마샤, 진정해. 착하지? 방으로 가자.

마샤 (화를 내며) 난 안 들어갈래. (흐느끼다 곧 그치고) 다시는 이 집에 안 들어갈 거야. 안 들어갈 거라고…….

이리나 아무 말은 하지 않더라도 잠깐이나마 같이 앉아 있자. 나 내일 떠나잖아……. (사이.)

쿨르이긴 어제 3학년 교실에서 어떤 꼬마 녀석에게서 압수한 가짜 콧수염과 턱수염이야……. (콧수염과 턱수염을 붙인다.) 어때, 독일어 선생 같지 않아? ……. (웃는다.) 안 그래? 재미있는 녀석들이라니까.

마샤 정말 그 독일어 선생과 닮았네.

올가 (웃는다.) 그러게.

마샤가 운다.

이리나 그만해, 마샤 언니!

쿨르이긴 정말 똑같아…….

나타샤가 들어온다.

나타샤 (하녀에게) 뭐? 소포츠카는 프로토포포프가 봐 줄 거고, 보비크는 안드레이에게 봐 달라면 되잖아. 아이들을 돌보는 게 얼마나 피곤한지……. (이리나에게) 이리나 아가씨, 내일 떠난다고 하니 정말 속상해요. 일주일만이라도 더 머물다 가시지. (콧수염과 턱수염을 붙인 쿨르이긴을 보고 비명을 지른다. 쿨르이긴은 웃더니 콧수염과 턱수염을 뗀다.) 어쩜 이렇게 사람을 놀라게 해요! (이리나에게) 아가씨와 많이 정들었는데, 이렇게 헤어지게 된다니 정말 마음이 아파요. 아가씨가 떠나면 안드레이에게 바이올린을 가지고 아가씨 방으로 옮기라고 해야겠어요. 거기서 실컷 깽깽거리라지요. 그리고 소포츠카에게 안드레이 방을 줄 거예요. 정말 귀엽고 사랑스러운 아이예요! 이렇게 착한 애는 없을 거예요! 오늘도 그 예쁜 눈으로 나를 보면서 "엄마."라고 했어요!

쿨르이긴 맞아요, 정말 귀여운 아이더군요.

나타샤 그럼 내일부터는 나도 혼자가 되겠네요. (한숨 쉰다.) 무엇보다도 이 전나무 가로수들을 베어 내라고 해야겠어요. 그다음엔 저 단풍나무도……. 밤만 되면 저 나무가 을씨년스럽다고요……. (이리나에게) 아가씨, 그 허리띠는 그 옷에 안 어울리네요. 개성이 없어요. 좀 더 밝은 색이 좋지 않겠어요? 그리고 정원 가득 갖가지 꽃을 심으라고 할 거예요. 얼마나 향기로울까……. (엄격한 목소리로) 왜 이 벤치 위에 포크가 굴러다니는 거지? (집으로 들어가면서 하녀에게) 왜 벤치에 포크가 굴러다니냐고 묻잖아! (소리친다.) 닥쳐!

쿨르이긴 또 폭발했군!

무대 뒤에서 행진곡이 연주된다. 모두가 듣고 있다.

올가 이제 출발하는구나.

체부트이킨이 들어온다.

마샤   모두 떠나 버리는군. 뭐, 어쩔 수 없지……. 모두 조심히 가세요!
(남편에게) 우리도 집에 가요……. 내 모자와 외투는 어디 있죠?

쿨르이긴   내가 안에 들여다 놨어……. 금방 가져올게. (집으로 들어
간다.)

올가   그래, 다들 집으로 돌아가자.

체부트이킨   올가!

올가   네? (사이.) 왜요?

체부트이킨   아니, 별로……. 뭐라고 말해야 할지 모르겠군……. (그
녀의 귀에 속삭인다.)

올가   (놀라서) 네? 말도 안 돼요!

체부트이킨   그래…… 그렇게 됐다……. 이젠 너무 지치고 힘들어서
더 이상 아무 말도 하고 싶지 않구나……. (짜증 섞인 투로) 제길, 항
상 이런 식이지!

마샤   무슨 일이야?

올가   (이리나를 부둥켜 안으며) 오늘은 정말 끔찍한 날이구나……. 너
한테 뭐라고 말해야 할지 모르겠어…….

이리나   뭔데? 빨리 말해. 무슨 일이냐고? (운다.)

체부트이킨   조금 전 결투에서 남작이 죽었단다…….

이리나   (조용히 흐느낀다.) 나 이럴 줄 알았어. 알고 있었다고!

체부트이킨   (무대 안쪽 벤치에 앉는다.) 아, 피곤해……. (주머니에서 신
문을 꺼낸다.) 실컷 울게 놔둬……. (나직하게 노래한다.) 타라-라-붐비

192

야……. 나는 돌에 걸터앉아서……. 아무려면 어때, 어차피 마찬가
지야.

세 자매, 서로 바싹 기댄 채 서 있다.

마샤   아, 저 행진곡 소리를 들어 봐! 사람들은 우리를 떠나가고, 또
한 사람은 영원히, 아주 영원히 떠나 버렸어. 그리고 우리는 여기
남아서 새로운 인생을 시작해야 해……. 우린 살아가야 해……. 살
아가야 해…….

이리나   (올가의 가슴에 머리를 기댄다.) 이 모든 게 무엇 때문인지, 무
엇을 위해 우리가 이런 고통을 겪어야 하는지, 시간이 지나면 다
알게 될 거야. 그땐 어떤 비밀도 남지 않겠지. 그동안 우리는 살아
가야 해……. 일을 해야지. 일을 해야겠어! 내일 나는 혼자 떠날 거
야. 학교에서 아이들을 가르치고, 나 같은 사람을 필요로 하는 사람
들을 위해 내 모든 걸 바치겠어. 지금은 가을이니 곧 겨울이 오고
눈이 쌓이겠지. 그렇지만 나는 일하고 또 일할 거야…….

올가   (두 동생을 꼭 껴안으며) 저토록 즐겁고 힘찬 행진곡 소리를 들
으니 살고 싶다는 생각이 들어! 아, 하느님! 세월이 흘러 우리가 죽
으면 아무도 우리를 기억하지 않겠지. 우리 얼굴, 목소리, 그리고
우리가 몇 사람이었는지 아무도 기억하지 못할 거야. 하지만 지금
우리가 겪는 고통은 후손들을 위한 기쁨으로 변할 것이고, 행복과
평화가 찾아올 거야. 그리고 그날이 오면 현재의 우리에게 고마워
하며 기억해 줄 거야. 아, 마샤, 이리나, 우리 인생은 아직 끝나지

않았어. 굳세게 살아가는 거야! 음악이 저렇게도 밝고 기쁘게 울려 퍼지는 걸 들으니 조금만 더 세월이 흐르면 우리가 무엇 때문에 살고, 무엇 때문에 괴로워하는지 알 수 있을 것 같아……. 그것만 알 수 있다면, 그것만 알 수만 있다면!

행진곡 소리가 점점 작아진다. 쿨르이긴은 싱글벙글 웃으면서 모자와 외투를 가져오고, 안드레이는 보비크가 타고 있는 유모차를 밀고 있다.

체부트이킨　(나직하게 노래한다.) 타라-라-붐비야……. 나는 돌에 걸터앉아서……. (신문을 읽는다.) 마찬가지야, 아무것도 아니야.
올가　그것만 알 수 있다면, 그것만 알 수 있다면!

–막–

바냐 아저씨

새로운 형식에 대한 끊임없는 도전
20세기 극작가 체호프를 탄생시키다

체호프 희곡의 특징은 그만의 독특한 분위기에 있다. 특별한 줄거리 없이 일상적 대화와 평범한 상황이 만들어 내는 독특한 분위기가 그의 드라마에서 중요한 요소로 작용한다. '체호프적 분위기'라고 불리는 이 기법은 언뜻 보면 기승전결의 파괴, 갈등 없는 무미건조한 흐름으로 느껴지곤 한다. 하지만 뚜렷한 줄거리나 사건도 없이 인물의 일상생활과 대화, 서로 다른 캐릭터들이 부딪쳐 만들어 내는 여러 관계가 한편의 서정시를 보듯 무대의 분위기를 점차 고조시킨다. 서정적이고 간결한 대사, 대사 사이의 침묵, 다양한 효과음, 치밀하게 계산된 대화의 묘미, 다면적인 무대의 사용 등 다양한 극작 기법이 이러한 분위기를 만들어 내기 위해 사용된다.

무엇보다 체호프적 분위기는 특유의 잔잔하고 애수에 찬 느낌을 주면서도 불명료한 긴박감과 박력을 독자들에게 제공한다. 초창기 비평가들은 체호프의 이러한 기법을 '애매모호한 느낌', '수수께끼 같은 이야기', '주제도, 플롯도, 행동도 없는 드라마'라고 혹평했다. 그러나 체호프가 시도한 새로운 형식으로서의 분위기 극은 전통적 드라마의 보편성을 극복한 문학적 개혁이었다.

작품 소개

바냐 아저씨

〈바냐 아저씨〉는 체호프 4대 희곡 중 하나이다. 체호프는 작가 초기 시절인 1889년에 〈숲의 정령〉이라는 드라마를 쓴 적이 있는데 이 작품을 모태로 하여 1897년에 〈바냐 아저씨〉를 완성했다. 〈숲의 정령〉은 서정적 배경을 바탕으로 삶에 대한 낭만적이고 낙관적인 안목을 보여 준 작품이었지만 평단의 평가는 좋지 못했다. 체호프 스스로 '이 희곡을 증오한다.'라고 편지에 썼듯이 〈숲의 정령〉은 작가 초기 시절의 실패작이었던 셈이다. 그러나 체호프는 〈숲의 정령〉에서 다루었던 인간 삶의 본질에 대한 주제를 예술화시키고 싶었던 것 같다. 〈바냐 아저씨〉는 실패한 〈숲의 정령〉에서 주제와 주요 등장인물들의 캐릭터, 주제 등을 따왔다. 〈바냐 아저씨〉의 주된 메시지는 우리의 삶이 때론 힘들고 때론 고달파도 어쨌든 계속 살아가야만 하며 현재의 고난보다는 미래의 행복을 희망하며 지내자는 것이다.

바냐를 중심으로 발생하는 등장인물 간의 갈등

무대는 러시아 시골 마을의 한 영지. 퇴직 교수 세레브랴코프 부부가 이 영지의 별장으로 요양을 온다. 교수는 바냐의 매부이다. 교수에게는 두 번째 아내인 스물일곱 살의 젊고 개성 있는 엘레나가 있다. 교수 부부가 별장에 머무르는 동안 마을과 별장 사람들에게 미묘한 갈등과 변화가 일어난다. 영지를 성실히 관리하던 바냐는 삶에 회의를 느끼고 게을러진다. 평소 얼굴을 안 비치던 시골 의사 아스트로프는 별장에 자주 나타난다. 모두 교수의 젊은 아내 엘레나 때문이다. 평소에 바냐는 매부인 세레브랴코프를 존경해 왔다. 죽은 누이동생의 남편이자 대학 교수인 그가 진정한 학자이고 지식인이라고 생각했다. 그래서 누이동생의 딸인 조카 소냐와 세레브랴코프의 시골 영지를 관리하며 살고 있었다. 하지만 퇴직한 세레브랴코브가 두 번째 아내 엘레나를 데리고 시골 영지에 나타나자 바냐는 세레브랴코브에게 실망하고 그를 속물적 인간으로 싫어한다. 그런데 이런 바냐가 교수의 젊은 후처인 엘레나에게 마음을 빼앗기게 된다. 인간의 마음이 가진 오묘한 감정인 것이다.

한편 바냐의 친구 아스트로프는 마을의 의사이자 이상적 꿈을 가진 지식인이다. 아스트로프는 자신만의 이상 세계에 대한 확고한 신념을 가진 사람이다. 소냐는 이런 아스트로프를 짝사랑한다. 하지만 아스트로프 역시 세레브랴코프의 후처인 엘레나에게 반해 버린다. 결국 세레브랴코프는 영지를 팔고 다시 도시로 나가겠다고 선언한다. 바냐는 이제 삶의 터전을 잃게 되고 정신적 허탈감에 빠진다. 세레브랴코프에 대한 실망과 배신감뿐만 아니라 생활의 기반마저 위태로워졌기 때문이다. 바냐는 절망과 홧김에 세레브랴코프를 향해 총을 쏘아 버린다. 총알은 빗나갔지만 시골 영지는 혼란과 갈등에 휩싸인다. 형식적 화해 뒤에 세레브랴코프와 엘레나는 서둘러 영지를 떠나고 바냐는 일상으로 돌아간다. 절망한 바냐에게 조카 소냐가 위로하는 다음의 대사는 이 작품의 주제를 암시한다.

"삼촌, 우린 살아야 해요. 길고도 긴 낮과 밤들을 끝까지 살아가요. 운명이 우리에게 보내 주는 시련을 꾹 참아 나가는 거예요."

세 자매

1902년 모스크바 예술극장에서 초연된 〈세 자매〉는 체호프의 4대 희곡 중 하나로 1899년에 구상하여 1900년 8월부터 집필한 작품이다. 체호프는 말년에 결핵에 시달리며 단편소설과 드라마를 창작했다. 열악한 건강 속에서 그의 창작욕을 북돋운 것은 모스크바 예술극장이었다. 새로운 드라마를 창작하면 네미로비치 단첸코와 스타니슬랍스키와 같은 극단주와 연출가가 관심을 가졌고 또 난해해 보이는 극의 내용들을 작가의 의도에 맞게 해석하여 무대에 올렸다. 〈세 자매〉 역시 이 모스크바 예술극장에서의 공연을 염두에 두고 쓴 작품이다.

현실과 이상 사이에서 성장통을 겪는 세 자매

프로조로프 가문의 세 딸인 올가, 마샤, 이리나는 모스크바에서 자란 교양 있는 아가씨들이지만 고향인 지방의 소도시에 내려와 살고 있다. 세 자매는 이곳에서 목적 없는 생활을 하며 따분함과 지루함을 호소한다. 첫째인 올가는 교사이다. 자신이 맡고 있는 현실에 대한 책임감도 있지만 과거의 모스크바 생활을 항상 동경한다. 결국 나중에는 마을 학교의 교장이 되어 미래를 적극적으로 준비하는 모습을 상징적으로 보여 준다. 둘째인 마샤는 검은 드레스를 즐겨 입는 개성 있는 여인이다. 그녀는 교사인 남편(쿨리긴)이 있는 몸이지만 모스크바에서 온 장교 베리쉬닌에게 호감을 느끼고 사랑에 빠진다. 셋째이자 막내인 이리나는 천진난만하지만 비현실적인 꿈을 꾼다. 항상 모스크바로 가고 싶다고 불평한다. 모스크바에 대한 일념 때문에 사랑하지도 않는 장교 투젠바흐와 약혼을 하고 남몰래 이리나를 사랑해 온 솔료느이는 투젠바흐에게 결투를 신청한다.

이처럼 세 자매는 현실의 일상적 삶과 과거의 이상적 꿈 사이에서 어찌할 바를 모르고 혼란스러워 한다. 더구나 세 자매는 사랑에 있어서도 실패를 한 셈이다. 베르쉬닌과 이별을 고한 둘째 마샤, 약혼자 투젠바흐를 결투로 잃은 셋째 이리나, 자매들의 이 모든 비극적 사랑을 목격한 맏언니이자 노처녀인 올가 역시 그러하다. 한편 세 자매의 희망이자 오빠인 안드레이는 대학 교수를 꿈꾸다 시골 자치 의회 의원이 된다. 내성적이고 우유부단한 성격의 안드레이는 속물적인 아내 나타샤의 그늘에서 벗어나지 못한다. 결국 마을에 주둔해 있던 포병 여단이 다른 곳으로 부대 이동을 하면서 세 자매는 모스크바로 가고 싶다는 자신들의 희망과 꿈을 잃게 된다. 그럼에도 또다시 현실과 일상을 받아들이고 남은 생을 살아야 한다는 달관적 의지를 스스로 확인한다.

1860년   러시아 남부의 항구도시 타간로크에서 잡화상 파벨과 예브
게니야 사이에 3남으로 태어났다. 조부인 예고르는 농노 출신의 자
유민이었다.

1867년   그리스어 교구 부속 초등학교 입학했다. 1869년에는 타간
로크 고전중학교(8년제)에 입학했다.

1873년   타간로크 극장에서 오펜바흐의 오페레타 〈아름다운 엘레
나〉를 감상한 후 이따금 극장에 가서 〈햄릿〉〈검찰관〉 등을 보면서
극작가에 대한 꿈을 키웠다.

1876년 아버지 파벨이 신용조합 대출금을 갚지 못해 파산했다. 4월에 빚 청산이 안 되어 체호프를 제외한 일가족이 모스크바로 야반도주했다. 체호프는 중학교를 졸업할 때까지 타간로크에 홀로 남게 되었다. 그동안 체호프는 가정교사를 하며 생계를 유지했다.

1879년 타간로크 중학교를 졸업하고 모스크바 의과대학에 입학했다. 모스크바의 유머 잡지에 짧은 유머 단편을 투고하기 시작했다.

1880년 첫 작품 〈이웃집 학자에게 쓴 편지〉를 주간지 〈잠자리〉에 발표했다. 화가 레비탄을 알게 되었다.

1881년 '안토샤 체혼테', '환자 없는 의사', '내 형의 아우', '쓸개 빠진 남자' 등의 필명을 사용하며 유머 단편들을 다양한 잡지에 본격적으로 발표하기 시작했다.

1882년 친구 팔리민의 소개로 페테르부르크의 유머 주간지 〈단편들〉의 발행자 레이킨을 만났다. 레이킨과의 인연으로 오 년 동안 300편가량의 단편들을 레이킨이 발행하는 잡지들에 발표했다. 〈시골 의사 선생님들〉〈망한 일―보드빌 같은 사건〉 등의 작품을 발표했다.

1883년 〈어느 관리의 죽음〉〈알비온의 딸〉〈뚱뚱이와 홀쭉이〉〈최면술장에서〉〈제목을 고르기 어려운 이야기〉〈재판정에서 생긴 일〉 등을 발표했다.

1884년 모스크바 의과대학을 졸업했다. 12월에 처음으로 피를 토했다. 〈앨범〉〈카멜레온〉을 발표했다.

1885년 페테르부르크의 보수 신문 〈새 시대〉의 발행인 수보린과 문단의 원로 그리고로비치를 만났다. 〈개와 인간의 대화〉〈연극이 끝나고 난 뒤〉〈게으름뱅이들〉〈외교관〉〈손님〉〈꿈〉〈니노치카〉〈감옥에 갇힌 경비병〉〈예게리〉〈하사관 프리시베예프〉〈슬픔〉 등을 발표했다.

1886년 단편소설 〈추도식〉을 처음으로 본명을 사용하여 발표했다. 문단의 원로 작가 그리고로비치로부터 재능을 아끼지 말라는 충고를 듣는다. 단편집 《잡다한 이야기들》을 출판했다. 단편소설 〈우수〉〈아뉴타〉〈아가피야〉〈반카〉 등을 발표했다.

1887년 고향 타간로그에 가는 길에 남러시아 초원 지대를 여행했다. 4막극 〈이바노프〉를 집필했다. 작가 코롤렌코와 처음 만났다. 단편소설 〈적〉〈베로치카〉〈행복〉〈티푸스〉〈입맞춤〉 등을 발표했다.

1888년 순수문예지 〈북방통보〉에 중편소설 〈초원〉을 발표했다. 크림반도, 캅카스, 우크라이나를 여행했다. 단편집 《황혼》으로 러시아 학술원에서 푸시킨상을 받았다(코롤렌코와 공동 수상). 작가 가르신 추도 기념문집에 〈발작〉을 기고했다.

1889년 페테르부르크 알렉산드르 극장에서 〈이바노프〉를 초연했다. 둘째 형 니콜라이가 폐결핵으로 사망했다. 7, 8월에 오데사, 얄타를 여행했다. 〈북방통보〉에 〈지루한 이야기〉를 발표했다.

1890년 사할린 섬 여행을 위하여 시베리아와 극동에 대한 자료를 조사했다. 4월에 사할린으로 출발하여 7월에 사할린 도착, 3개월 동안 사할린 섬의 죄수들의 실태를 조사하고 기록했다. 10월에 동지나해, 인도양, 수에즈 운하, 오데사를 경유하여 모스크바에 도착했다. 12월에 단편소설 〈도둑들〉 〈구세프〉 등을 발표했다.

1891년 사할린의 학교, 도서관에 보낼 도서 수집 활동을 펼쳤다. 3월에 유럽 여행을 떠났다. 비엔나, 베니스, 로마, 나폴리, 몬테카를로, 파리를 둘러보고 5월에 모스크바로 돌아왔다. 중편소설 〈결투〉를 완성했고, 〈사할린 섬〉 집필을 시작했다. 가을에 기근이 들어 빈민 구제 활동을 펼쳤다.

1892년 3월에 모스크바 근교의 멜리호보로 이사했다. 11월에 〈6호실〉을 〈러시아 사상〉에 발표했다.

1893년 〈사할린 섬〉을 〈러시아 사상〉 10월호부터 다음해 7월호까지 연재했다. 〈큰 발로쟈와 작은 발로쟈〉 등을 발표했다.

1894년 3월에 톨스토이 사상과 결별을 선언했다. 요양차 크림 반도를 여행했다. 7월에는 유럽을 여행했다. 모스크바 지방 법원 배심원으로 뽑혔다. 〈러시아 통보〉에 〈로스차일드의 바이올린〉〈대학생〉〈문학 선생〉〈검은 수사〉를 발표했다.

1895년   8월에 처음으로 야스나야 폴랴나의 톨스토이를 찾아갔다. 11월에 〈갈매기〉를 탈고했다. 〈철없는 아내〉〈아리아드나〉〈목에 걸린 안나 훈장〉 등을 발표했다.

1896년   3월에 모스크바 하모브니크의 톨스토이의 집을 방문했다. 〈러시아 사상〉 4월호에 〈다락방이 있는 집〉을 발표했다. 12월에 알렉산드르 극장에서 〈갈매기〉를 초연했다.

1897년   멜리호보 인근 마을 노보셀로에 초등학교를 지었다. 2월에 국세 조사 활동을 했고, 3월에는 결핵이 악화되어 입원했다. 이때 톨스토이가 문병을 왔다. 4월에 〈러시아 사상〉에 〈농군들〉을 발표했다. 〈바냐 아저씨〉를 발표했다.

1898년   〈새 시대〉의 반(反)드레퓌스적 태도에 분개하여 수보린에게 반박 편지를 썼다. 〈상자 속 사나이〉〈나무 딸기〉〈사랑에 대하여〉〈이오느이치〉를 발표했다. 멜리호보를 떠나 얄타로 이사했다. 올가 크니페르와 알게 되었다. 10월에 아버지 파벨이 사망했다. 고리키와 서신을 교환했다. 2월에 모스크바 예술극장에서 〈갈매기〉를 상연해 대성공을 거두었다.

1899년   3월에 고리키의 방문을 받았다. 4월에 톨스토이의 방문을 받았다. 5월에 모스크바 예술극장에서 〈갈매기〉를 상연했다. 12월에 〈러시아 사상〉에 〈개를 데리고 다니는 여인〉을 발표했다.

1900년   1월에 러시아 학술원 명예회원으로 뽑혔다. 〈골짜기에서〉 〈세 자매〉를 탈고했다.

1901년   이탈리아를 여행했다(피사, 플로렌스, 로마). 5월에 올가 크니페르와 결혼했다.

1902년   2월에 타간로그 도서관에 도서를 기증했다. 4월에 〈주교〉를 발표했다. 〈벚꽃 동산〉을 집필했다.

1903년   1월에 늑막염이 발병했다. 4월에 〈약혼녀〉를 탈고했다.

1904년   1월에 모스크바 예술극장에서 〈벚꽃 동산〉을 초연했다. 6월에 올가 크니페르와 요양차 독일의 바덴바덴으로 떠났고, 그곳에서 7월 2일에 숨을 거두었다. 7월 9일에 모스크바 노보제비치 수도원 묘지에 묻혔다.

옮긴이 장한

한국외국어대학교에서 체호프 연구로 문학 석사, 박사 학위를 받았다. 현재 한국외국어대학교 러시아어학과 특임강의교수, 러시아연구소 초빙연구위원으로 활동 중이다. 번역서로는 《톨스토이의 세 가지 질문》《신의 입맞춤, 도스토옙스키 소설 번역집》《초원, 체호프 소설 번역 선집》, 저서로는 《러시아문학사》《러시아어, 이제 동사로 표현하자》가 있다.

바냐 아저씨 체호프 희곡선 ❷

개정판 1쇄 펴낸 날 2020년 12월 1일
개정판 3쇄 펴낸 날 2025년 1월 20일

지 은 이   안톤 체호프
옮 긴 이   장한
펴 낸 이   장영재
펴 낸 곳   (주)미르북컴퍼니
자 회 사   더클래식
전   화   02-3141-4421
팩   스   0505-333-4428
등   록   2012년 3월 16일(제313-2012-81호)
주   소   서울시 마포구 성미산로32길 12, 2층 (우 03983)
E-mail   sanhonjinju@naver.com
카   페   cafe.naver.com/mirbookcompany
S N S   instagram.com/mirbooks

* (주)미르북컴퍼니는 독자 여러분의 의견에 항상 귀 기울이고 있습니다.
* 파본은 책을 구입하신 서점에서 교환해 드립니다.
* 책값은 뒤표지에 있습니다.

더클래식

세계문학
컬렉션

* 더클래식 세계문학 컬렉션은 계속 출간될 예정입니다.